六书坊

好个大汉口

董宏猷 著

武汉大学出版社
WUHAN UNIVERSITY PRESS

图书在版编目(CIP)数据

好个大汉口/董宏猷著.—武汉:武汉大学出版社,2014.1
六书坊
ISBN 978-7-307-11986-4

Ⅰ.好… Ⅱ.董… Ⅲ.①随笔—作品集—中国—当代　②武汉市—概况　Ⅳ.I267.1

中国版本图书馆 CIP 数据核字(2013)第 252122 号

责任编辑:聂勇军　　责任校对:鄢春梅　　版式设计:韩闻锦

出版发行:**武汉大学出版社**　(430072　武昌　珞珈山)
　　　　　(电子邮件:cbs22@whu.edu.cn 网址:www.wdp.com.cn)
印刷:武汉中科兴业印务有限公司
开本:880×1230　1/32　印张:6.5　字数:116 千字　插页:2
版次:2014 年 1 月第 1 版　　2014 年 1 月第 1 次印刷
ISBN 978-7-307-11986-4　　定价:14.00 元

版权所有,不得翻印;凡购买我社的图书,如有缺页、倒页、脱页等质量问题,请与当地图书销售部门联系调换。

六书坊

编委会

主　编　张福臣

编　委　（以姓氏笔画为序）

　　　　文　祥　艾　杰　刘晓航　张　璇

　　　　张福臣　周　劫　郭　静　夏敏玲

　　　　萧继石　落　子

一声哥哥一碗酒

好一个大汉口,
好一个大码头,
好一条大江滚滚向东流。
好一个大汉口,
好一个大码头,
好一个侠肝义胆写春秋。

一声号子一声吼,
东西南北握在手。
九天惊雷敢承担,
千难万险不回头。

爱就爱他个风雷吼,
笑就笑他个龙抬头。
一声哥哥一碗酒,
刀山火海跟我走!

挺倒哟呵呵,
站倒哟呵呵,
定倒哟呵呵,
硬倒哟呵呵,
一声哥哥一碗酒,
刀山火海跟我走!

——电视连续剧《汉口码头》片尾曲

目录
CONTENTS

第一辑 小吃

热干面　003

烧梅　007

面窝　011

米粉　014

豆丝　018

发糕　021

豆腐脑　024

藕圆　027

开拓与首创　030

我爱武汉的热干面　035

第二辑 江湖

生命的湖　039

木石前缘　047

梦幻木兰湖　050

梁子湖的微笑　055

我与归元　059

一个人的解放公园　063

风雪天池行　068

铁马冰河入梦来　077

墙之断想　083

现代孤独　090

择水而居　092

目 录
CONTENTS

第三辑　码头

武汉的码头文化　99

武汉"贼文化"批判　110

你吓我　113

耆货　115

带一脚　118

货币与流氓　121

《汉口码头》后记　125

第四辑　纤夫

深巷花香　133
官兵捉强盗　139
钢铁是怎样炼成的　148
兴趣无价　154
诗画情　159
生命如歌　167
寻源　182

后记　193

第一辑 小吃

身在家乡不知家乡的水有多甜,
离开了家乡才知道什么叫做思念。
那一年到农村插队离开了武汉,
最思念的,是亲爱的妈妈,还有亲爱的热干面。

冬天的夜晚,我们依偎在油灯下轻轻地唱,
扑面而来的,是芝麻酱的香味儿,和妈妈的笑脸。
"我爱武汉的热干面,二两粮票一角钱,
老通成豆皮闻名四海,小桃园鸡汤美又鲜……"

是啊,想起了热干面,就想起了生我养我的武汉,
想起了满城的江水、河水、湖水,满城荷花和梅花的清香。

炎热的夏夜,大街小巷竹床挨着竹床,铺板连着铺板。

满城的鼾声满城的梦,像江河一样在星光下流淌。

热 干 面

热干面应该是地道的武汉小吃了。我曾写过一文《我爱武汉的热干面》，编入我与宏量弟合著的散文集《白壁赋》中，其中记叙了武汉的知识青年下乡后，将《我爱祖国的蓝天》一歌改词为《我爱武汉的热干面》，热干面遂成为家乡的象征。去年12月，我曾参加当年老知青们的聚会，此歌一唱，众友皆和，恍惚中如闻芝麻酱之香味，而皱纹与白发似在香味中消逝，腰围亦在歌声中瘦了几圈。

关于热干面的来历，曾有过有趣的传说。那是在100多年前，汉口长堤街关帝庙一带，有一姓李的熟食小贩，因其脖上长一肉瘤，人称"李包"。李包所卖，为凉粉与汤面。某年夏日，其收摊回家，面条尚剩不少，他怕面馊，便把面条煮了一下，捞起晾于案板上。谁知不小心撞翻了麻油壶，油全泼在面上。李包灵机一动，遂将面与麻油拌匀，第二天一早，将此面在滚汤中烫热，捞起来加上佐料，竟大受欢迎。人问此面名称，李包脱口而出："热干面!"于是江城独创之小吃，便从李包偶然之失手中诞生。

我虽从小在长堤街关帝庙附近长大，惜未逢李包。倒是关帝庙前麻子的热干面，给我留下亲切的回忆。麻子的热干面，有精有神，有嚼头，佐料齐全，尤其是芝麻酱货真价实，因而远近闻名。麻子的热干面摊，十几年中几经迁移，而我始终追寻，成为其忠实的食客。20世纪60年代，麻子尚在五马路经营，其鬓发已白，仍用我熟悉的黄陂话吆喝："二两热干!"但声调已苍老矣。此时品味热干面，便能品出许多无法言说的沧桑。

武汉的热干面馆，最著名的当数蔡林记了。其馆址在繁华热闹的江汉路，面对着建于1908年的水塔。大半个世纪以来，水塔作为汉口最高建筑，一直是武汉的标志。而蔡林记热干面馆与其巧相对应，用另一种文化显示着武汉独特的风俗。

武汉是全国有名的"火炉"，也许是夏天太热的缘故，连面都要强调一个"热"字。其实武汉自古以来，就有6月三伏天吃热干面的习俗。南北朝宗懔所著之《荆楚岁时记》，曾记有楚人"六月伏日，并作汤饼，名为辟恶"。汤饼，就是现在的面条。有人称面粉为"面"，称长条的面即面条为汤饼。看来楚人在最炎热的6月三伏天吃面条，是为了辟除邪恶。武汉人爱吃热干面，也许就是这种"辟恶"的遗风。

热干面

说起伏天吃面,还有一个有趣的故事。据《魏氏春秋》记载,三国时代的美男子何晏,"面绝白",曹操怀疑他面色白皙,是搽了粉的。于是心生一计,到了6月伏天,传唤何晏来吃"热汤饼"。何晏吃得满头大汗,"取巾拭汗,面色皎然",曹操这才相信何晏并没有在脸上搽粉。

古代用粉搽脸,谓之"傅面"。《说文》曰:"粉,傅面者。"徐锴注曰:"古傅粉亦用米粉。"看来米粉与

"面"自古以来就亲热得很,而非今日才和平共处于武汉三镇的每一个熟食摊下。当然,此"面"非单指热干面之"面",但富有特色的热干面又的确是武汉的脸面也。凡我三镇经营热干面之诸君,莫为了多卖几碗面而丢了武汉的脸面哟。

烧　　梅

　　这些年来，我没有为过早而起早床，唯一的一次，却是为了吃烧梅。

　　武汉的烧梅，最著名的当为汉口花楼街顺香居所出。顺香居创建于 1940 年，其重油烧梅为糯米肉馅，拌以皮冻、虾、蛋、葱花、味精、胡椒等配料，皮薄馅鲜，绵软融润，煞是好吃。我曾多次拜访该地，但更多的，是于街头的随意中，一见烧梅就双眼发亮，定要来二两品尝。我老家附近的延寿巷口，有一小店的烧梅颇佳，每当出差归来，第一件大事便是去小店吃烧梅。坐在油腻腻的方桌前，听食客与厨娘打情骂俏，有一种旧友重逢的亲切感。友谊路的铁桥畔，有一熟食摊，也卖烧梅。偶尔遇之，遂有情焉，常常于清晨上班之际，弯路专睹其芳容。后搬家至市郊，虽少市嚣之声，然而遗憾的，便是离烧梅远了。

　　六渡桥的福庆居，其烧梅亦不错。后闻其推出小吃甚多，欣然前往，却失望于其小吃"小"得孤独，

"小"得可怜。便向往从前一盘烧梅一碗糊米酒，甜咸备至，其乐融融。花楼街一烧梅铺，靠近民生路前轮船码头，生意也不错。从前家住长堤街，上班却在花桥，得穿越三个城区。花楼街是每天必经之路，便早早于烧梅铺中报到。老通城酒楼，以"豆皮大王"驰名中外，其早点中，亦有烧梅，然而须赶早。记得我在市二医院住院时，馋虫渐出，曾早起赶到老通城，却没吃到烧梅。原来其烧梅不多，早上6时前便卖完。我曾叹喟曰："鸡鸣洞庭月，人迹鄱阳霜。赶到老通城，烧梅全卖光。"洞庭、鄱阳，皆必经之街名也。

随着城市建设的发展，汉口唐家墩、三眼桥、西马路一带，新区渐多，烧梅亦有人经营。曾一一拜访，却恨其弄虚作假，肉馅掺有碎米，嚼之如同嚼沙，玷污了烧梅之美名，曾多次抗议，未见改观。烧梅如有灵性，亦知我之情也，非仅馋其味美，实爱其所代表的家乡文化也。

是不是喜欢吃烧梅的人越来越多了呢？如今，专营烧梅的小店倒是越来越多了，最有名的，是汉口车站路口的范记烧梅。带我前去的，是武汉的评书表演艺术家何祚欢先生。何先生也是一个"烧梅迷"，按照现在流行的说法，是"烧梅粉丝"。有一次在市里开会，我和何祚欢先生恰恰坐在一起。会议乏味，于是两人便在纸上绘制武汉的"烧梅地图"。何先生画着：江岸区二中的附近，有一家烧梅铺子，不错。我接着画:六中附近也有一家烧梅铺,也不错。于是,文化俱乐部斜对面的烧梅铺,澳门路上的烧梅铺,都一一标出。有电视台的新闻记者看我们这么认真地"记笔记",忙将镜头对准"笔记本",没想到竟是一张"烧梅地图",不禁莞尔。

烧梅

何先生最推崇的,是车站路口的范记烧梅。他专程约我,打的前往。那是星期天的早晨,小小的烧梅铺门前,已经排起了长队。我已经好多年没有为武汉的小吃去排队了,今天倒是第一次。排队的顾客中,不少人认出了何祚欢,纷纷表示让他先买。何先生笑着谦让,硬是排了半天,一人要了三两,又要了一斤速冻的。然后,挤进小店,看80岁高龄的范先生,带着自己的儿孙辈,紧张地做烧梅。何先生说,范老先生原来是老通城著名的烧梅师傅,他的烧梅,倒得武汉烧梅的真传。

热腾腾的烧梅来了,好大的烧梅,形状果然像盛开的梅花,皮薄,馅鲜,一个个直往口里跑。我已经好多年没有吃到这么好的烧梅了。何先生笑着说,这烧梅才贵来,三两烧梅,打的花了30多块钱,算起来,10块钱一两啊。我一边狼吞虎咽,一边说,值得!值得!然后大喊:"范师傅,再来二两!"

这些年过去了,我们家要来客人,总是要女儿绕道去车站路买烧梅待客。如今,市面上推出了速冻烧梅,昨天买回两袋,不知解冻后烧梅清香如何。

面　　窝

　　面窝其实应该称为"米窝"的,因为炸面窝的主要原料是大米而不是面粉。武汉人称这种油炸食品为面窝,我以为是因为其形状"团团如面"的缘故。圆圆的脸儿,还有一个酒窝儿,用武汉话说,灵醒得很呢!

　　面窝是地道的武汉小吃,而不是"外来妹"。它与热干面、豆皮、牛肉豆丝一起,并称武汉四大名小吃。既是武汉土著,必有传说相随。传说亦不遥远,起至清朝光绪年间。话说汉口汉正街口的集家嘴码头附近,有一摊贩,名叫昌智仁。昌某确实有"智",于烧饼生意清淡之际,别辟蹊径,找铁匠打了一个窝状的铁勺,将大米加黄豆用清水浸泡沥出磨成细浆,又在浆中加入葱、姜等佐料,先将芝麻撒在铁窝勺底,然后舀一勺米浆入窝,用勺边从中刮一道勺印,呈空心窝状,放入滚油中烹炸。一面金黄,翻面续炸,即成两面黄、外面酥、里面软、中间脆的面窝。集家嘴为商品集散之地，贩夫走卒，每日水流云涌，而面窝价廉味美，过早方便，于是迅速普及开来。

传说终归传说，但靠炸面窝而名扬三镇的当数武昌户部巷的"谢面窝"。炸面窝为谢氏家传，至20世纪40年代，谢德荣一改祖辈沿街叫卖为固定经营，于户部巷专售面窝，遂远近闻名。谢家面窝用料考究，油为芝麻香油，浆为大米黄豆糯米，如此精心创造，面窝遂姓谢焉。

炸面窝

我读小学时面窝才3分钱一个。那时家中贫寒，每天过早，只有3分钱，只够买一个面窝。有一次，见一同学用竹签一次串了5个面窝，仰面大嚼，不禁十分惊异，亦十分羡慕。呆呆地眼红，然后在心中暗暗发誓，倘若有一天，赚了钱，一定也用竹签串5个面窝，大嚼于闹市之中。

但当我真正第一次赚到了钱后，我却一个面窝也舍不得买了，那是我在课余时间拖板车赚来的，我要用这钱去买书。

那时我才9岁，正是馋面窝的年龄。

面窝除了用米做原料外，还有"红薯面窝"与"豌豆面窝"。武汉人称红薯为"苕"，因苕实心，不似藕空心，因此又用"苕"来喻"傻"，喻"老实憨厚"。后来词义延伸，"苕面窝"也成为"傻"的借代了。作为一种大众食品，面窝又成为物价的晴雨表。如今的面窝，已涨到1元钱一个了。因此幽默的武汉人又创造了一句口语："你还以为面窝三分钱一个哟?"

面窝的价钱胖了，可是面窝本身却瘦了。当然，随之而瘦的，还有经营者的良心，以及比小吃香味儿更重要的人情味儿。

米　粉

武汉的小吃中，最具大众特色的，当数热干面与米粉了。武汉的小吃虽然有200多个品种，但武汉人每天都要亲热的，却是这"面爹"与"粉娘"。热干面与米粉在武汉能够贵为"爹娘"，并平分秋色，实在是因为武汉居华夏之中，为南北饮食文化交融之处的缘故。南人吃米，北人吃面。南方诸省，米粉均为大众小吃，湖南的牛肉米粉，云南的过桥米线，广东的炒河粉，均各具特色，形成南方的"米粉文化"。虽然米粉遍及中国之南，但自古以来，正史与野史却鲜有记载，而面的记载，则比比皆是。《唐书·后妃传》中记载玄宗皇后王氏"斗面为生日汤饼"，宋代吴自牧的《梦粱录》中则录有"鸡丝面"、"三鲜面"等名称，晋人束皙更作《饼赋》——古人称面为"饼"，由衷地赞美能在"玄冬猛寒"之际"充虚解战"的热汤面。面之美名，可谓代代相传，一部中国历史，仿佛是面饼喂养大的。而南方的米粉，几千年来远离北方之王都，虽养育了半个中国，却名不见经传，令我等爱吃米粉的南蛮，莫不想舞文弄墨，替洁白温柔的米粉打抱不平也！

武汉的米粉，集南方诸省米粉之大成，却又独具汉味。清道光时的《汉口竹枝词》，便有汉口人过早吃米粉的记载："三天过早异平常，一顿粮餐饭可忘。切面豆丝干线粉，鱼圆子滚鸡汤。"武汉的米粉，品种繁多，用料讲究，制作精细。有宽米粉，也有细米粉；有清汤粉，也有糊汤粉，热干粉；有牛肉汤粉，也有牛肉炒粉。荤素自选，丰俭由人。武汉最著名的米粉馆，当为福庆和的汤粉与田恒房的糊汤粉。福庆和以辣为特色，其牛肉米粉脍炙人口，享誉三镇。我在长堤街居住时，福庆和是常去的地方。尤其是在冬天，寒风凛冽，手足欲僵，此时缩进福庆和，买三两牛肉米粉，满满的一大海碗，辣辣的一层红油。往往是粉已捞完，辣汤尚存，欲喝不能，欲罢不忍，而额头鼻尖，已沁汗珠点点，人面桃花，好不快哉！

如果说福庆和的汤粉尚为湖南风味，那么田恒房的糊汤粉则是地道的汉味了。其米粉全选籼稻米磨浆制成，用鲜活鲫鱼熬煮成汁，再加水调入生粉制成糊汤，色调素雅，粉白润滑，鱼香汁稠，别有风味。武汉为鱼米之乡，用鱼汁调拌米粉，可不就是鱼米之乡最形象的注解么？这样的糊汤粉自然深受大众欢迎，以至"糊汤"或"糊汤粉"变成了武汉方言中"糊涂"的代称，如同称凤姐为"辣子"一般。

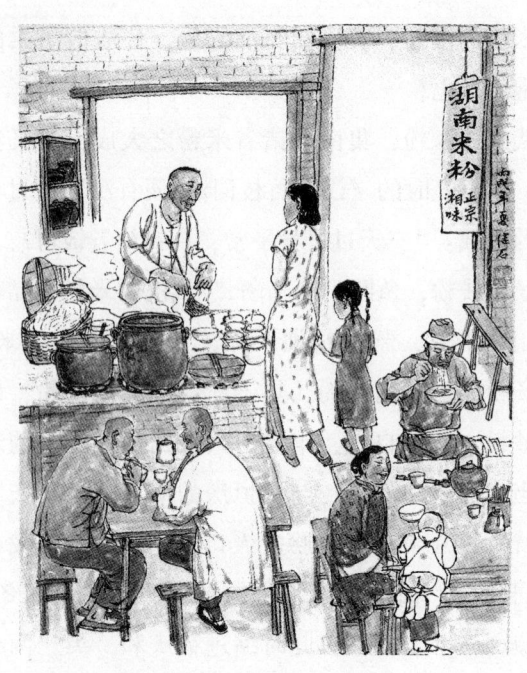

米粉

我生性疏懒,不好烹饪,独于炒粉一项,为我之拿手好戏。常于好友相聚之时,乘兴卖弄,与妻的自制八宝饭及凉拌菜肴相抗衡。最忆江西少儿出版社老编辑高蕴生,1987年夏来汉督我创作《一百个中国孩子的梦》。高先生好酒,尤爱绍兴黄酒,能从早到晚,手不释杯。而佐酒之物,一为盐水煮花生,一为我之炒粉也。离汉返赣之际,天色已晚,而酒兴正浓,遂带我之炒粉上船。后来信说,其把酒临风,佐炒粉于大江之上,九江已到,粉还没尽,如同孔乙己爱惜茴香豆，多乎哉？不多也。

　　须臾又是狗年，高先生却已作古。昔日俞伯牙奏高山流水，自有钟子期识之。如今先生已逝，何人再识我炒粉之妙耶？

豆　丝

豆丝是武汉的特产小吃，它的普及率，是仅次于热干面与米粉的，也许是因为它的制作，要比面与米粉复杂一些的缘故吧。豆丝的主要原料其实是米，然后是绿豆。米一贯是很谦虚的，从稻谷时期起，就沉甸甸地垂着头呢，因此就让豆丝姓了"豆"。

武汉附近的郊县农村，春节前都有摊豆丝的习俗，40年前，我下放到汉阳县当知青时，就亲手摊过豆丝。我至今还忘不了年前的冬夜，因为下过雨，或下过雪，村里一片泥泞。天黑得很早，屋脊与夜色融为一体，于是一方方金色的窗口在浓黑的映衬下显得格外的明亮。从这些窗口里，传来嘎吱嘎吱的推磨声，以及炒热豆丝的大蒜香味儿。米和绿豆磨成了浆，再将油锅烧得辣辣的，舀一勺浆往锅里一旋，一张豆皮就吱溜吱溜地揭了起来。然后将豆皮折叠，用刀切成手指宽的"丝"。常常就有人循香而来，或是嘎嘎的木屐声，或是胶鞋踩在泥泞中的呱唧声，在窗口笑喊："恭喜恭喜!"主人便吆喝住狗,开门迎客,主妇便飞快地切大蒜,用香油将刚起锅的豆丝再配以大蒜或瘦肉干炒,于是一盘香喷喷的炒豆丝便驱散了冬夜的阴冷与严寒。

武汉市最早的生意人,当是郊县的农民,于是豆丝自然成为武汉的特色小吃。

豆丝

豆丝可炒,可煮,但最负盛名的,是武昌"老谦记"的干炒牛肉豆丝。之所以用牛肉,是因为其店主冯谦伯原是清末新军士兵，有一老行五，曾随左宗棠到达新疆，从维吾尔族人手里学到烹饪牛肉的手艺，遂传于冯谦伯。民国后，冯在武昌青龙巷开设牛肉馆，便用牛肉来炒豆丝。武汉人吃惯了大蒜素炒豆丝或汤豆丝，而老谦记的豆丝除配以牛肉外，还配以水发香菇、玉兰片等，风味独特，香脆可口，于是誉满江城。

武汉的小吃，一向讲究用料。正宗的豆丝，要用青山产的黄米，武昌产的绿豆。牛肉呢，当然是黄牛的胸子肉为佳，与丁香、桂皮、八角一起，用砂铫置旺火上煨，熟至六成，再小火续煨，烂熟后捞出切成片，再用牛肉汤烧煮成牛肉臊子。这样又可以做成牛肉汤豆丝。还有的餐馆，用肥肠做臊子，也别有风味。肥肠煨得糯烂，适合于牙齿过于"温柔"的爹爹婆婆们吃。

我个人的爱好，则喜欢吃牛肉糊汤豆丝，以及热干豆丝。不用臊子，像下热干面那样，用芝麻酱干拌，一个上午，连打嗝都是芝麻香。今年正月初八，我与妻又回到阔别40年的第二故乡。肉且慢，鱼且慢，首先点腊肉煮豆丝以解解馋。一碗下肚，胡子花白的老董又变成当年的知青小董。小吃虽小，却能返老还童。对于思乡的游子，豆丝正可称为"豆思"呢。

发　　糕

提起发糕，就想起了外婆，想起了青石板路面的老街深巷，想起了穿开裆裤的童年。

我出生在汉口最古老的街道——汉口长堤街上的药帮大巷。我最早接触的音乐旋律，便是老街深巷中悠长的叫卖声。在我的记忆中，叫卖发糕的声音最悠长最动听。那时的发糕，叫"洋糖发糕"。与火柴叫洋火，煤油叫洋油，轮船叫洋船一样，白糖也叫洋糖。卖发糕的，是一位老爹爹，用苍老的嗓音吆喝道："洋糖——发糕！""糖"字拖得很长，是典型的"三突出"，多少年后我听吴雁泽唱《拉网小调》，一开口便使劲地"拉"，一直"拉"到台下拍手才罢休时，我便情不自禁地想起了那位能将"糖"字拖得小伢们流涎水的无名音乐家。

那时我自然是闻糖而爱流涎水的小伢了。冬天的清晨，"老糖"似乎知道我和弟弟爱吃发糕，那"糖"声便粘在窗前。于是外婆便急忙出门，为我们捧回白白胖胖热腾腾的发糕。

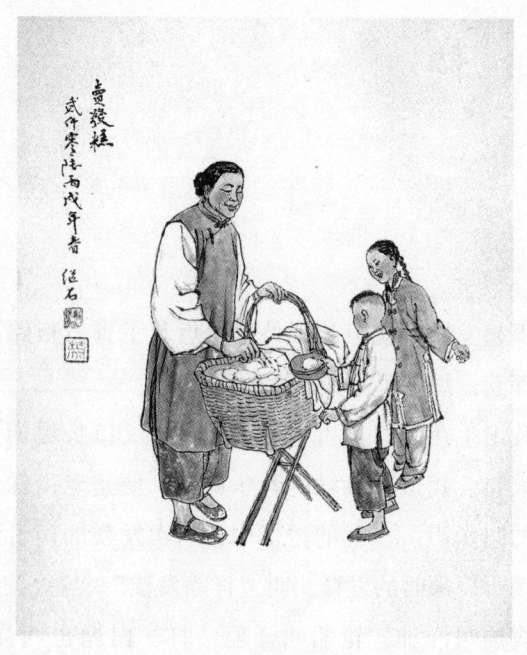

发糕

这种圆形似棉花的发糕,也叫棉花糕,是武汉的风味早点。发糕是米做的,蒸时除了加白糖,还要加发粉、纯碱以及橘子香精。发糕大约是糕类中最原始的了,而且应该起源于"米文化"的南方。中国自古以来,国都多建于北方,帝王将相们吃面居多,发糕也就鲜有记载。倒是宋朝的周密在《武林旧事》中,记载了19种糕,其中有"蒸糖糕",我想与武汉的发糕差不多吧？《红楼梦》中，也提到不少糕，有菱粉糕、藕粉桂花糖糕，但用米粉蒸的糕，只有第三十七回《秋爽斋偶结海棠社，蘅芜苑夜拟菊花题》中提到了"新粟粉糕"。袭人给史湘云送用桂花糖蒸的新粟粉糕，说："这都是今年咱们这园子里新结的果子，宝二爷送来给姑娘尝尝。"由此可见，宝哥哥也是爱吃发糕的了，不知他给林妹妹送了没有？

武汉的小吃中，除了松软如棉的棉花糕外，还有红糖桂花馅的夹心发糕。不知怎么的，我所爱的，还是那白胖胖的棉花糕，那深巷里悠长的"糖"腔一直粘在我的记忆里，不过现在品味起来，竟带有无言的苦涩与沧桑。

豆 腐 脑

严格说起来,豆腐脑应是北京的传统小吃了。北京的各种庙会中,除了"爱窝窝"、"驴打滚"、"豌豆黄"等著名京味小吃外,也少不了豆腐脑的。邓云乡先生在《鲁迅与北京风土》一书中,曾介绍过北京人过去在正月逛厂甸的盛况,其中便提到这东门外吕祖祠前的豆腐脑。鲁迅先生居北京时,厂甸是他常去的地方,当然,先生去厂甸主要是逛旧书摊和古玩铺,而且游兴颇浓。"历览众肆,盘桓至晚方归",想必肚子也会饿的,也许会喝一碗白花花的豆腐脑,而且一定会加糖。

武汉的豆腐脑,一般是由小贩挑着游动叫卖的。那担子一头是木桶,盛着热腾腾的豆腐脑,另一头则放着碗、勺、白糖罐,以及洗碗的清水。碗是那种细瓷金边描花的小碗了,舀豆腐脑的瓢呢,则是黄灿灿的又扁又薄的铜瓢。我儿时最爱看小贩舀豆腐脑了。那么一个精壮壮的中年汉子,握一利刀般的铜瓢,在白白嫩嫩的豆腐脑上柔柔地划过；另一只手托着一个小碗，粗糙的大手与细腻精致的瓷碗亦形成鲜明对比。又白又嫩的豆腐脑，撒上白糖，滑润可口，且使一颗心也颤颤地对那豆腐脑儿顿生怜爱之情。多少年后，当我撞到"柔若无骨"以及"娇柔"之类的词句时，都情不自禁地想起了豆腐脑。而充满阳刚之气的壮汉挑一担颤颤嫩嫩的豆腐脑，又使我想起了霸王与他的虞姬，以及一个关东大汉，手持铜板，唱的不是"大江东去"，而是"杨柳岸，晓风残月"。

最具武汉特色的豆腐脑，当数"什锦豆腐脑"了。不少朋友向我倾诉其对武汉小吃深厚的感情时，均提到了什锦豆腐脑。在一碗豆腐脑中，放入糯米、大米糊、榨菜末、叉烧肉末、五香菜末、酱瓜末、虾米，配以酱油、味精、胡椒、葱花等佐料，再淋上香喷喷的芝麻油，不将你的馋虫勾引出来，那才是咄咄怪事呢，哪怕那馋虫是唐僧脱胎。而我等凡人之馋虫，大约是鲁智深或者猪八戒变的，面对这醇香的什锦豆腐脑，铁打的戒律恐怕也不起作用呢。

而我对豆腐脑今生不忘，是因为母亲去世前两天，突然地想吃豆腐脑。母亲是在小弟家突发脑溢血倒下的，送到武钢职工医院时，已经病危。那天清晨，母亲突然从昏迷中清醒过来，喃喃地唤我的小名，说想吃豆腐脑。我不知道红钢城有没有豆腐脑，但我却飞一般地奔向每一个早点摊。跑啊，跑啊，终于买到了

卖豆腐脑

一大搪瓷缸豆腐脑,飞回病房,扶起母亲,一口一口地喂,见母亲满意地吁了一口气,我比自己吃了人参果还要高兴,恍惚中,便觉得这豆腐脑是菩萨化装成小贩,为善良的母亲送来的。

如今又是清明,母亲的坟头,又是碧草青青了。母亲,您生前最爱听獃儿学那街头巷尾的各种叫卖声的,那么,就请您再听我吆喝一声吧:"豆腐脑——喝!"

藕　　圆

要说藕圆，首先便要说藕，要说武汉独特的排骨煨藕的"煨汤文化"。武汉的莲藕历史悠久。屈原流放洞庭，"制芰荷以为衣兮，集芙蓉以为裳"，作为荷之根的藕，身处淤泥而内心洁白，肢虽断而丝相连，亦如屈原之高风亮节，想必屈原是不会拒绝用以充饥的。

当然，藕作为华夏先民之菜肴，并不自春秋始。藕在中国的历史达1.45亿年；公元前1122年华夏祖先食用的蔬菜有40余种，藕便是其中之一，而且是人工栽培的。在著名的长沙马王堆一号汉墓中，还发现了藕片，以及有关藕的菜谱。

武汉自古多湖，可称莲藕之乡。元代诗人丁鹤年写武昌紫阳湖曰："芙蕖三百顷，何处看尘埃。"清末叶调元这样写汉口市民夏夜过汉水到月湖莲花湖乘凉赏荷："乘凉最好是琴台，万柄荷花槛外开。直到夜凉方罢饮，一乘明月过河来。"就是这个叶调元，在其

《汉口竹枝词》一书中，首次提到了藕圆："吃新食品较常绿，荤素相参价不廉。麻雀头酥鹅颈软，豆黄饼脆藕圆甜。"《汉口竹枝词》刊行于1850年，由此可见，叶调元当时吃的藕圆是甜的，和现在味咸并蘸辣酱吃的藕圆，味道是不相同的了。

我从小爱喝藕汤，也爱吃藕圆。那时的学校门口，常有小贩炸藕圆，两分钱一个，比起现在街头卖的"袖珍藕圆"要胖得多。藕圆挑子一头是油锅，一头则放辣酱与瓷碟，一群孩子便围着油锅边炸边吃。

做藕圆虽然很简单，但是聪明的武汉人为此专门发明了一种特制的陶钵。钵的内壁，有一圈圈齿棱，密密排列；将洗净的藕在齿棱上来回摩擦，便将嫩藕擂成细腻的藕茸。这种专门擂藕的陶钵，叫"擂钵"，也不知是谁发明的，但有一条可以肯定，此人必定是个藕圆爱好者。

我家自然是早就备有擂钵的，十几年来，只怕是擂掉了半塘藕呢。擂好的藕茸要沥水，然后加盐、味精、胡椒、葱花、姜末拌匀成藕泥，捏成圆坨下油锅炸黄即可。记得儿时爱藕圆，外祖母曾笑我将来必定是个"实心坨子"，没得心眼。现在看来，外祖母的话果然言中。

将那多眼的藕硬捏成"坨子"，可不就是"无心眼"了么？但我仍然无悔，仍然炸藕圆，蘸辣酱，酒一杯，歌一曲，微醺于街头，将那街灯看成荷花，然后戏作打油诗曰:"实心坨就实心坨,实实在在过生活。心眼再多有何用,磨成藕泥有擂钵。"

藕圆

开拓与首创

——读萧继石《老武汉风情》有感

说起来是好几年前的事情了。《武汉文史资料》的朋友们为我开了一个"武汉小吃"的专栏,还专门请了一位漫画家,为每期的文章配画。责编殷小英说:"萧继石先生画老武汉,非常传神,你一定会喜欢的。"

刊物出来了,果然有萧继石先生的插图。说是漫画,其实并不夸张,说是插图,其实可以独立成篇,其流畅的线条,传神的细节,一看便是画水墨人物画和连环画的高手。反复品赏,真的好生喜欢。

我从小就喜欢看连环画,尤其喜欢收藏线描的水墨风俗画。老北京的风俗图,戴敦邦先生的《三百六十行》等,都是我的最爱。四大册精装的《点石斋画报》,更是在20世纪80年代,用微薄的工资豪买的。爱屋及乌,就连《老行当》这样的大型图片册,也一一扛回家中。这些画册,这些风俗,要么是北京,要么是上海,让我等出生在武汉老街古巷中的"汉人",

十分的心痒。我是在汉正街和长堤街这片老武汉的发源地长大的,是在老武汉的风俗和风情中长大的。这样的风俗和风情,曾经是我生活的全部,是我生命不可缺少的一部分。

武汉的小吃丰富多彩,亦在于武汉人有在街头巷尾"过早"的世俗,不像上海人,爱在家里吃泡饭。宋代吴自牧在其《梦粱录》中,也曾描写过早晨经营小吃之盛况:"每日交四更,诸山寺观已鸣钟,御街铺店闻钟而起,卖早市点心。"由此可见,品味小吃之佳期,当然以早晨为最。其时夜色将退,街灯尚明,人影憧憧,市声初浮。而以热腾腾的亲切温暖着你的,自然是熟食店摊的各色小吃,可谓蒸气与香味齐飞,炉火共朝霞一色。其时品味的不仅仅是小吃,而是与小吃融为一体的民俗风情。

在我的记忆中,叫卖发糕的声音最悠长最动听。那时的发糕,叫"洋糖发糕"。与火柴叫洋火,煤油叫洋油,轮船叫洋船一样,白糖也叫洋糖。卖发糕的,是一位老爹爹,用苍老的嗓音吆喝道:"洋糖——发糕!"……

武汉的豆腐脑,一般是由小贩挑着游动叫卖

的。那担子一头是木桶，盛着热腾腾的豆腐脑，另一头则放着碗、勺、白糖罐，以及洗碗的清水。碗是那种细瓷金边描花的小碗了，舀豆腐脑的瓢呢，则是黄灿灿的又扁又薄的铜瓢。我儿时最爱看小贩舀豆腐脑了……

请原谅我过多地引用了有关武汉小吃的拙文。因为这些文章的插图，后来均收录进继石先生的《老武汉风情》之中了，权当是介绍继石先生图文集的几声前奏吧。因此，当我看到继石先生的风俗画后，便想，要是萧继石先生也画这么一本老武汉的风俗画，当是了却了无数老武汉土著者的一桩夙愿啊。

现在，这样一本图文并茂的《老武汉风情》，悄然出现在武汉的文化生活中，填补了武汉风俗画的历史空白。自清道光三十年（1850年）叶调元刊行《汉口竹枝词》以来，凡一百六十年，未有系统的武汉风俗图文出版；而继石先生，为武汉有史以来系统创作武汉风俗画之第一人也。研究汉口竹枝词的专家徐明庭先生说："就我们曾经寓目的历代流传下来的汉口竹枝词而言，在萧氏以前，从来没有一个人像他这样用292首诗歌，对汉口进行全方位多侧面多层次的扫描。直到目前，也未发现有人像叶氏那样，十年如一日不厌其烦地创作近300首竹枝词，把汉口的方方面面巨细不遗地刻意描绘。"那么，我们也可以这样评价继石先生的《老武汉风情》：在萧氏以前，从来没有一个人像他这样，五年如一日，不厌其烦地创作了110幅风俗画，并配以精炼简短的文字，对老武汉进行全方位多侧面多层次的扫描。把老武汉的方方面面巨细不遗地刻意描绘。与叶氏同时代的汪绶堉和施之醇曾这样评价叶氏的《汉口竹枝词》："腕底有言皆妙谛，眼前无字不传神"；"忽笑忽讪锋似剑，是诗是史笔如椽"。这样一些公允的评价，同样适用于萧继石的《老武汉风情》。因此，继石先生的开拓与首创，功莫大焉。

流连在继石先生的图文中，我常常处于"走神"的状态。那些曾经消逝的风景，又活鲜鲜地展现在我的眼前。跳皮筋、抽得罗（陀螺）、踢毽子、跳房子、打弹珠、滚铁环、斗蛐蛐、捉知了、采莲船……不都是我们儿时的游戏吗？茶馆、磨坊、汉锣、曹祥泰杂货店……不都在我家的附近吗？皮影戏、说书人、剃头挑子、磨剪子……不都是活跃在我的周围吗？我的"走神"，是因为继石先生画得非常逼真，非常有细节，从尊重历史的角度，通过大量的细节，还原了历史，还原了老武汉的风俗。继石先生是洪湖人，虽然在武汉也生活多年，但是，对于这样一些消逝很久的老风俗，倘若不是深潜下去，潜心研究当年的各种原汁原味的生活形态，尤其是抓住传神的细节，恐怕就达不到令我辈"走神"的效果。

继石的风俗画，以线描立骨，加敷彩渲染，诸多人物，有漫画的幽默趣味，但无变形与夸张，骨子里透出的，仍然是中国人物画的水墨神韵，古朴而雅致。其实，民族风格，中国气派，是萧继石风俗画的灵魂。点石斋画师中的灵魂人物吴友如，虽然吸收了西洋画的许多元素，但是，其底色仍然是中国水墨画的精髓，是其在上海豫园张臣记笺扇庄内开始作画时打的中国传统年画或者版画的底子。值得指出的是，萧继石的原画比书上印刷的更有冲击力。而我有幸看了几张原画，这样的印象当然就更加深刻了。

　　《老武汉风情》是开拓，既然如此，那么，我们完全有这样的期待和希望：继石兄，继续沉潜下来，一本一本的，一个系列一个系列的，将老武汉的风俗画发挥到极致，将老武汉甚至新武汉的风情进行到底。我想，这也是朋友的期待和希望，是武汉和历史的期待和希望！

我爱武汉的热干面

身在家乡不知家乡的水有多甜,
离开了家乡才知道什么叫做思念。
那一年到农村插队离开了武汉,
最思念的,是亲爱的妈妈,还有亲爱的热干面。

冬天的夜晚,我们依偎在油灯下轻轻地唱,
扑面而来的,是芝麻酱的香味儿,和妈妈的笑脸。
"我爱武汉的热干面,二两粮票一角钱,
老通成豆皮闻名四海,小桃园鸡汤美又鲜……"

是啊,想起了热干面,就想起了生我养我的武汉,
想起了满城的江水、河水、湖水,满城荷花和梅花的清香。

炎热的夏夜,大街小巷竹床挨着竹床,铺板连着铺板。

满城的鼾声满城的梦,像江河一样在星光下流淌。

是的,武汉多湖,武汉人家家户户都有一个湖啊,
过年的时候,湖一样的铫子里煨满了藕汤,
鳜鱼鲫鱼喜头鱼武昌鱼在饭桌上游来游去,
炒了菜薹,包了春卷,我们就迎来了明媚的春天。

都说武汉人口味杂,其实那是像长江一样容纳百川,
东甜西辣南酸北咸,开放的大武汉能包容天下。
长江大桥连接了南方的秀美和北方的豪爽,
天河机场起伏着塞纳河、莱茵河、密西西比河的浪花。

来吧,四川的火锅、上海的糕点、北京的烤鸭、广东的海鲜,
来吧,外国的麦当劳、肯德基、比萨饼和生鱼片,
世界正走向武汉,武汉正走向世界,
吸收着营养长大的,是武汉灿烂的明天。

是的,武汉在变,一天一个模样,一天一个新鲜,
不变的是我的乡情,和我浓浓的思念:
妈妈,什么时候再看到你的笑脸,
牵着我的小手说:走哇,我们去吃热干面……

第二辑 江 湖

不知是哪一阵风从云的睫毛上吹落了一滴晶莹晶莹的泪珠

沁进江南黑油油的土地变成山中的竹笋江畔的小草平原上的紫云英

那就是我吗江南我是你竹笛的余韵野渡的晚舟水牛汗淋淋的背脊

你的奶头多了一阵吸吮发梢多了一颗汗珠灶屋里多了一粒爆裂的火星

没有摇篮曲的轻盈只有油灯下纺车嘤嘤地吐着艰辛也吐着柔情

没有竹枝词的轻盈只有烟雨中犁铧曲曲地耕出皱纹也耕出梦境

你的爱是夏日浓绿的树荫冬夜暗红的火塘是不停旋转的石磨

把你的痛苦和欢欣青春和生命全都磨成浓稠的浆汁一滴一滴地喂养着我们

生命的湖

有人说，天上有多少星星，地上就有多少湖泊。这些年来，我游的湖泊也不算少了，淡妆浓抹总相宜的西湖，浩浩荡荡横无际涯的洞庭，小巧精致的北海，野趣盎然的洪湖，还有镶嵌于雪山之中的新疆天池，倒映着苍山白塔的云南洱海……在这些大大小小的湖上，都留下了我泛舟的波痕。但是，没有哪一个湖，像武汉的东湖这样，与我生命的旅程紧紧连在一起。不仅仅因为我是武汉人，因热爱故乡而爱着东湖；也不仅仅因为我常常去东湖，对东湖的湖光山色有了难以言喻的情感。东湖之于我，仿佛一个图腾，每一次都给我一种新的生命体验。我和东湖，都是茫茫宇宙中的生命，有着悲欢离合而富于情感的生命，美丽而忧伤的生命。

已经记不清第一次到东湖的确切时间了，但是东湖给予我最初的印象却十分的清晰。那时我还是个九十来岁的孩子，正迷恋着美术，迷恋着水彩画。那时我还是个在长江边帮人家拖板车的穷孩子,为了到东湖去写生,为了买一盒水彩,买一个调色盘,我让粗糙的棕绳一次又一次地磨破了我稚嫩的肩头。那时的交通远远不像现在这么便利,从汉口到东湖,对于一个孩子来说,无异于一次遥远的旅行。然而我却去了,仿佛是应了冥冥之中的召唤。

还记得那是一个春天的早晨,空气中弥漫着花的清香。当东湖突然一下子出现在我眼前时,我结结实实地惊呆了,这哪里是一个湖呢?分明是一片海啊!

是的,东湖给我的第一印象,便是一片大海。那时湖上还没有蜿蜒曲折的长堤,那时磨山还是一个秀美的处子,浮在碧波荡漾的湖面上。春天的东湖,浩浩荡荡从我的脚下一直铺向天边,没有乱七八糟的亭台楼榭,也没有飘粉流黛的雕船画舫;没有桃花斜雨酒旗风,也没有野鸭渔船蓑笠翁。有的只是一片一片生机勃勃的绿草地,有的只是一块一块锦缎般的农家田畴,金黄金黄的是油菜花,紫红紫红的是紫云英,而东湖便静静地用它的碧波,湿润着、拥抱着这一片片的嫩绿金黄与紫红,如一个质朴、秀美而又娴静的农家少女。

好多年后,当我第一次泛舟西湖时,这种感觉突然一下子从记忆深处流淌出来。西湖有着太多的名胜古迹,有着太多的故事与传说,以至于喧宾夺主,使"湖"本身成了名胜与传说的附庸和载体,至多只是一个生活在唐诗宋词中的古典夫人,而且"人比黄花瘦",苍白而贫血。而东湖却不施脂粉,不缀花钗,它不是一件工艺品,而就是自然的一部分,保留着自然的质朴,自然的天韵,自然的生命力。它将"湖"不加修饰地捧给你,使你在湖的生命本体中体味到自然的生命律动,以及"湖"的本色。

但是东湖不是"清风明月无人管"的野湖,不是人迹罕至寂寞冷落的荒湖。东湖,不像杭州的西湖,扬州的瘦西湖,北京的北海,位于城市之中,成为城市的一种点缀,然后与城市融为一体。东湖是长江的一部分,它和洞庭湖一样,是长江前进征途中的一个驿站,一个据点,它的血液里流动着长江的血液,它的遗传基因里保留着长江奔腾的生命力,因此,它是有着强健生命的湖泊,它是长江的另外一种表现形式。如果说长江表现的是一种阳刚之美,而东湖则以阴柔之美补充丰富了长江之美,并且使江与湖那样有机地结合,那么动态地平衡,就像一部活的《易经》,就像"坤"与"乾"的形象注释,使人感到了宇宙天地间阴阳之间的变化与平衡。

而我的故乡武汉,便坐落于长江之滨,东湖之畔,在江与湖的环抱中成长起来,既得阳刚之气,又蕴阴柔之美;于是武汉人亦于阴阳交合、天人合一的宇宙场中,得北人之豪气,亦得南人之灵气。因此,不是武汉或武汉人造就了东湖,而是东湖造化了武汉和武汉人。古往今来，中华大地有多少城市曾作为帝王之都或繁华温柔之乡著称于世，可是没有了水的滋润，昔日的显赫与繁华只留下南柯旧梦。而武汉于地理位置上独居华夏之中，难道仅仅只是一种偶然么？冥冥造化，天意独钟，倘若尚有不尽如人意之处，那便是人意未尽而已啊！

于是生命的江与生命的湖造就了我的生命。人到中年，回首往事，竟发现湖自始至终伴着我，拥着我，滋润着我的人生之旅。生长于江与湖的拥抱中自不用说了，作为人生的第一步，我在"大革文化命"中作为知识青年下放之处，便是江汉平原的湖泊之中。我居住多年的知青点，便在湖边，仿佛是东湖拜托了它的兄弟姐妹，于艰难困苦中关照它的游子一般。湖亦宽阔，且多莲藕鱼虾，常常于菜荒粮缺之时，提一戽斗下湖，脚踩便是肥藕，水一戽干便有鱼虾。有朋自远方来，也不上街，仅到供销社买一瓶苕干白酒，于灶火点燃之时，悠然下湖，当油锅青烟腾起时，一条活鲜鲜的鲤鱼已跃进锅内。

而我的文学创作，也自湖边起步。多少个春来冬往，多少个夜深人静，在满湖的蛙鸣之中，我通宵熬夜地看书写作。茅棚土窗，一灯如豆，灿然开放于无边的夜色之中。那是我的生命之火呢，还是湖的生命之火呢？

在农村一干就是5年。我又回到武汉读大学，又一次依偎在湖的怀抱之中。师范大学位于南湖之畔，对面便是东湖。久别归来，东湖如旧，含笑不语地轻轻抚摸着游子心灵的伤痕，而无一丝多余的怜悯。常常在紧张的课余，邀二三好友，相约漫步于湖滨。杨柳如丝，湖平如镜，珞珈山与武汉大学校舍的倒影，潜入东湖之中，吸收着东湖之灵气。我最爱的，是呼一木船，悄然沁于蒙蒙雾气之中。船是地道的木船，俗称"划子"，船妇亦是东湖之畔的农户或渔民，一切均与东湖的自然与质朴那么地协调，亦将青年学子也协调于静静的湖中。水还是那样清那样碧，如梭之游鱼或成群，或列队，如细钉被磁铁所吸引，尾随于船；又于桨声之中蓦然惊散，然后再整合，追了上来。如此聚散，如此反复，使我于恍然中悟到一种人生，冥冥中，我不是也如游鱼一样，又被东湖吸了回来么？

以后又是人意所为了。诬告与陷害相继而至，我被流放于武汉城郊。但造物主又一次赐我以江，以湖，我所工作的农村中学，又一次位于江与湖的环抱之中。校门所向，百十步远，便是长江大堤；校舍所靠，不足两里，便是湖泊。湖曰严东湖，巧与东湖同名。湖水清澈见底，若逢天晴，阳光潜入湖中，可见水草飘动，如绿绸飘舞。湖边有丘陵隆起，山坡多桃树，春风吹拂，桃花盛开，宛如一片片绯红的云霞落在湖畔。

于是在辛勤育人之余，常常凭窗眺望。眼前幻然出现的，却是东湖，却是磨山，却是行吟阁前屈原之长吟,却是鲁迅广场先生之凝眸。而那灿烂桃花,青青杉林,又使我想起读初中时,在磨山植物园劳动的日子,想起雨后的松林,每一枚松针都挑着一粒晶亮亮的水珠儿,鸟儿的啼鸣,也被雨水洗得纯净。一个大眼睛黑睫毛的女孩在林中笑着朝我奔来,两个酒窝窝盈满了少女的纯真。而那个调皮的男孩子,却躲在松林深处,悄悄捡起一颗松果,准备袭击已在娇嗔噘嘴的女孩……

东湖在远方微笑不语,磨山在眼前微笑不语。它们认识这个常来写生的男孩子,知道他常将东湖用蓝色抹成一片大海,而将磨山淡进水中,绿成一片朦胧……于是东湖便在我的心中荡漾,将焦躁的心澄得宁静,然后心中之湖水汩汩流在稿纸上,滋润着我的诗歌,我的散文,我的小说。5年的乡村教师生涯,亦是江与湖贴我最近的时期,而江湖交汇的结晶,便是两本小说集,一本叫《长江的童话》,一本叫《湖畔静悄悄》。而一本诗集,则名为《帆影》。这是江湖交汇孕育的结晶,亦是我生命的结晶啊。诬陷者想将我从大学的湖畔挤走,却不料我仍然与湖融为一体。它使我想起东湖的象征,亦即行吟阁前的屈原塑像:"大革文化命"中,屈原像曾被毁,被沉入湖底,但终于又被东湖捧了出来,重新长吟于东湖之滨。这便是天意,是人意也扭转不了的天意。

历经曲折,历经沧桑,长江未老,东湖亦未老。

一湖碧波如旧，却多了疾驰如箭的赛艇，温馨如梦的白色水鸟。阳刚与阴柔仿佛只有在东湖才如此地协调，且相映成趣。

　　湖上阴阳交汇，湖畔何尝不是如此！听涛区的可竹轩，翠竹丹桂之间，兀然耸立的，却是充满阳刚之美的花岗岩石雕群，"大江东去"与"晓风残月"构成东方奇观。磨山之麓，苏州园林般的盆景园，蔷薇园，水生园，幽径迷离，荷莲田田，又何其秀也；而与之蔚为大观的，则是重展楚国雄风的楚城，又何其壮也。登临楚天台，天风烈烈，星月可揽，战国七雄之金戈铁马，与荆轲之悲歌，屈原之楚辞，一齐奔涌而来，雄哉壮哉。漫游磨山园林，曲廊洞门，小桥流水，绿肥红瘦，如见西施浣纱，黛玉荷锄，如闻琵琶洞箫，吴越软语，柔哉秀哉。壮美与优美如此协调于一山一湖，可不就是长江与东湖形象之叠合么。再细细思量，东湖少的是和尚庙、妓女墓，多的则是铮铮铁骨之男儿，如屈原，如鲁迅，即使是红颜女子，也是为抗清军而壮烈牺牲的几位巾帼英雄，凝成九女墩之塑像，与东湖之豪气融为一体。有人说，东湖美则美矣，可惜少了人文景观。而我则以为，倘若人文景观指的是晨钟暮鼓，是怜香惜玉，是僧庙尼庵，是薛涛笺，柳永词，东湖宁愿不要这些零零碎碎，宁愿冷落香客与才子，而坦坦荡荡以其湖之本色傲然独立，以其江湖交汇阴阳相济之特色生存于宇宙之中。山水含情，人亦有情，如何做到"相看两不厌","悠然见南山",讲究的是一个"缘"字。失望于东湖者,其与东湖无缘也,而钟情于东湖者,东湖之美不在眼前,而在心中。

有人说,天上有多少星星,地上就有多少湖泊。有人又说,曾经沧海难为水,除却东湖不是湖。说这些醉话的,不是别人,正是那个将湖作为生命图腾的男子汉。男子汉为何醉话也?东湖曰:满湖四季如酒,先生安得不醉焉?

芦苇落日

木石前缘

友人问我：东湖乃武汉名胜，然东湖风景区发源于何处？我浑然无所知。

友人又问：誉满中外的"寓言雕塑公园"，被称为中国大陆九大名雕之一，然该园位于何处？我亦浑然无所知。

友人笑而不语。忽一日，邀我游览东湖。进得门来，大路分为左右，往右走，自然是往行吟阁及磨山植物园了。友人却带我左拐，沿湖畔向西南而行。时近盛夏，满目浓绿，湖畔着泳装之男女，如花开在湖中。不一会儿，一座石雕圆门便跃入眼帘，友人曰：这便是东湖名胜之一"可竹轩"，寓言雕塑公园便在这三面环水的半岛上了。

可竹轩自然不可无竹。竹皆清秀，将可竹轩构成江南园林。园内有轩，有亭，有池，有树，幽静而阴凉，使人暑气顿消，心澄如洗。草坪上，一围高大的桂花树，如伞如盖，将几张石桌石凳冰冰地藏在其中。

轩前一排大樟树，遮天盖日，树下一年四季便不生虫蚊。一水之隔，为武大校舍。湖上白色水鸟齐集，恍如梦境。友人告诉我，此处便是东湖风景区之发源地。1931年，周苍柏在此创建"海光农园"，轩前之樟树，便为周氏所植。

寓言雕塑公园建于此，当然是得天独厚了。海外称此园为"世界上独一无二"之园。一座座大型灰色花岗石雕塑，向我们讲叙着中国古代的寓言故事："盲人摸象"、"猎人争雁"、"滥竽充数"、"叶公好龙"……这些雕塑，构想奇特，融中国传统雕塑风格与西方现代大胆变形之艺术手法于一体。流连于寓言世界里，给人的是历史的沉思，人生的感悟，审美的愉悦，心灵的澄静。恍然间，便觉这寓言雕塑公园如一篓春茶，被东湖泡得绿酽酽的，品味起来，回味无穷。

与这些石雕相映成趣的，是满园看似随意却精心布置的根雕。天然形态之树根，在艺术家手中竟化腐朽为神奇，成为神形具备之珍品。一边欣赏其根雕，一边坐下品茗，才发现那圆桌圆凳，竟也是树根制成。

忽然就想起"木石前缘"的典故。想起这些做雕塑的石头和树根，会不会是一座大山中的朋友和伙伴呢？树根原来是和石头生长在大山中，相依相随的，石头被人做成石雕了，树根也跟随着来做根雕了。它们在这里生死相随，默默无言地说着许多心事。只是我们这些凡夫俗子,与大自然隔绝已久,听不见它们的心声了。

  常有朋自远方来,陪其游览武汉,又常愧于除了黄鹤楼、归元寺、东湖,便无处可看了。殊不知为海外游人倾慕之地,竟在眼前。常游东湖者如我,竟不知如此佳园,何况一般游客乎?不识自我,不识自我之家园,怎么能识自我之"木石前缘"啊!

梦幻木兰湖

湖北多湖,武汉亦多湖。湖北因湖而得名,武汉因湖而闻名,我的生命,便浸润在湖之中了。

《辞海》释"湖",说"湖"是"积水的大泊",我看了便觉心疼。湖只是"积水"的"容器"么?那么江河也只是"流水"的"大沟"了。这样来看待湖,视湖泊如杯盏一样的"器",一种没有生命的可用亦可弃的"工具",是湖的悲哀,亦是人类的悲哀。于是我便耳闻目睹了一个又一个的湖泊在城市的腹地和周边消亡,一些退化到只认识钱的直立的两腿动物,用推土机和城市垃圾,窒息、活埋了曾以生命滋润了城市的湖泊,然后盖起了另外一种用钢筋水泥构筑的"容器"。在这种"容器"里,也许会有一些善良的生命和良知去追悼湖泊,怀念湖泊,论述湖泊与人类生存的休戚相关,呼吁保护城市中的自然湖泊,保护地球给予人类的最珍贵的遗产。可是就在窗外,就在怀念与呼吁的眼皮底下,推土机又轰隆隆地逼近另一个湖泊了，那些直立动物们正以种种神圣的名义，展示着最原始的愚昧、贪婪、冷酷与自私。

木兰湖的价值，木兰湖的美，就是在这样一种背景下被发现的。

俊秀而质朴，自然而本色，神奇而不卖弄，宁静而不喧哗，这就是木兰湖的品格，也是一切真正的湖所应该拥有的品格。我曾去过莽莽洞庭，八百里洞庭果然是"衔远山，吞长江，浩浩汤汤，横无际涯"。洞庭长的是壮阔与气势，短的却是湖的清幽与宁静，湖的梦幻与诗情。湖北省内的湖呢，城市之外的偏野无人识，城市之内的又多被用作了倾泻污水的容器。于是"养在深闺人未识"的木兰湖，便如山野质朴健康的农家少女，不施红红绿绿的粉黛，不挂零零碎碎的珠饰，向游人展示的全是湖的本色，让游人领略的全是湖的魅力，仿佛一个湖的标本，坦坦荡荡于天地之间，给了世人一份如梦幻般的惊喜，给了20世纪一个意想不到的惊叹。

初访木兰湖，正是夏日的傍晚。还未进湖，便觉凉风扑面，精神顿时为之一振。好大一个湖，好美一个湖。湖水荡漾与天相接处，是一片海似的湛蓝。木兰湖的湖水来于天，谓之"天源"。湖水清澈澄净，碧如翡翠，如王母娘娘的琼浆，直接便可饮用。忍不住手掬一捧，凉津津竟如山泉般甘甜。乘船游湖，只见群山起伏如浪，湖岸平仄错落，将一湖美景叠如折扇，一折一折地款款展开。"折扇"的"扇骨",是一条条逶迤如龙游进湖中的半岛和小岛,或曰"七星",或曰"八仙",形态各异,却葱茏如画。岛上已建了童话般的度假村和别墅群,或欧式钟楼,或东洋客舍,均掩映在绿树丛中、湖汊深处,给木兰湖平添了许多温馨与梦幻。

湖·采菱

这时落霞红了,夕阳在西天张开绚丽的孔雀翎羽,湖面闪金烁银,如同泼了一湖胭脂。一群群白色的鹭鸟披着霞光向鸟岛飞去。聚集了十万鹭鸟的鸟岛上种植着3000亩松杉，皆已成林，树冠相接，连绵如浪。成千上万的白色鹭鸟便在这浓绿的波浪上飞舞嬉戏，远远望去，如一天繁星在夜幕上闪烁，又如成千上万银色的蝴蝶在翩翩飞舞。

游船靠近鸟岛了。为了保护鹭鸟，鸟岛已经封闭，只可远观。鸟为黄嘴白鹭，昔日王勃作《滕王阁序》，有"落霞与孤鹜齐飞"之千古名句，今日木兰湖上与落霞齐飞的，又何止是孤鹜。十万鹭鸟来自何处，不得而知。莫非是木兰将军率领的十万大军，化作了白鹭，来伴将军么？但有一个原因，却是不容置疑的，那就是木兰湖的保护良好的生态环境，吸引了众多的鸟儿前来筑巢安居，将木兰湖变成了鸟儿的王国。难怪联合国开发计划署格外青睐木兰湖，将木兰湖列入中国21世纪可持续发展的优先项目。

如果前来筑巢的仅仅是鸟儿，那真是木兰湖的福分，也是我们的福分了，但是，我不无忧虑地看到，木兰湖的湖边，已经花花绿绿地筑起了许许多多的休假别墅。这些大大小小的"度假村"、"培训中心"，以各种各样的名义招徕顾客，它的污水没有别的"容器"可以存放，只得直接排入木兰湖了。这么多的度假村，每天要排放多少污水呢？长此以往，木兰湖还会清澈见底、甘甜可饮吗？

夜深了，木兰湖怀抱着一天繁星，安然入睡了。大湖深处，偶尔会传来一声大鱼跃出水面的泼剌声，那是湖中的鱼儿在夜巡么？天气很热，可是我却不想洗澡了。我怕我身上的污浊，会污染了湖水。凭栏远眺，银汉横天，北斗如一个巨大的问号，显示着一个永恒的"天问"。人到中年了，最大的感触，恐怕是"无奈"，生命的无奈，个人的无奈。例如那些好端端的湖泊，那些好端端的森林，大家都知道要去保护，可是，为什么就偏偏一个个地被砍伐、被填平、被污染，然后消失了呢？一个迂腐的书生，一夜的不洗澡，就救得了木兰湖，救得了地球上的森林和湖泊吗？

但是，我仍然会迂腐地拿起笔来，在这静静的夏夜里，如湖边草丛中的昆虫，明知自己的声音微弱，仍然执拗地鸣叫，发出自己应该发出的声音。然后，愿将自己全部的生命，化为一颗星星，和那些志同道合的星星们一道，在宇宙间组成一个大大的问号，如灿烂的北斗，去昭示地球上崭新的生命和后来者，不要再犯或者不犯前人犯下的错误和罪孽。

木兰湖，你听见我的心声了吗？

梁子湖的微笑

一看见那片清澈的海,心就真的醉了。

那其实不是海,而是一片清澈的大湖。波光浩渺,与天相接。汽艇犁开碧绿的水面,就像划开一大块碧绿的翡翠,或者光滑的丝绸。初夏的阳光开始热烈了,岸边的湖水,漾漾得透明,可以看见水底的湖草,在反射着阳光的"玻璃"下,醉酒般地漾动。而在大湖的深处,主人随意用纸杯舀起一杯湖水,品酒般地喝了起来。见我微笑,便开心地笑着说,只管放心喝吧,咱们梁子湖的水,是二级水质,完全可以直接饮用的!

坦率地说,如果不是亲眼所见,我是不大相信这么大的一个湖,湖水是可以直接饮用的。不是我不愿意相信,而是我不敢相信。

我生于千湖之省,百湖之市,我的生命与湖息息相通,我的呼吸曾经飘逸着湖水的清气,与荷花的清香。童年时的武汉,无数的湖泊珍珠般地镶嵌在大江大河分切成三镇的土地上,那些湖泊,无论大小,都是清澈的，都是碧绿的，如同我清澈的生命。清澈的湖水，养育着鱼、虾、青蛙、螃蟹，荷叶、红莲、藕、菱角、茭白，以及丝绸般的水草，养育着唐诗宋词水灵灵的诗意，以及齐白石透明的水墨，不管是浓淡相宜的写意，还是栩栩如生的工笔。鱼在饮水，莲在饮水，人，也在饮水。水在天地间循环运行，地球上所有的生命，便是水之循环的一个链条，一个环节，一个载体，或者说，是水存在的多元的不同方式。水可以是液态的，如大江，大海，湖泊，小溪，青草池塘，巴山夜雨，这是水的主要形态；水可以是固态的，如冰，如雪，千里冰封，万里雪飘；水可以是气态的，如云，如雾，如晨曦，如晚霞。除此以外，水，难道就没有其他的存在方式了吗？水包容着鱼儿，鱼儿是不是水的另外一种存在方式呢？水滋润着红莲，红莲是不是水的又一种存在方式呢？同样的道理，水在人的身体内四处流动，人和江河湖泊一样，也是水的一种容器。那么，人是不是也是水的一种特殊的存在方式呢？难怪曹雪芹先生会说，女人是水做的骨肉。曹雪芹先生又说，质本洁来还洁去。曹雪芹的命中有雪，所以，他参透了生命的本质，就是水，就是洁净的水，就是清澈的水。清澈与洁净是水的本质，也是生命的本质，是水在天地间大循环的最基本的需求。因此，湖水的清澈，湖水的直接饮用，其实就是生命的需求。对清澈与洁净的呼唤，其实就是对人类清澈生存的呼唤。

但是，这些年来，随着经济的高速发展，我们付出了几千年来未有的巨大的惨痛的代价，那就是牺牲和破坏生态环境，牺牲和挥霍掉子孙后代的生存空间。而湖泊，就是这千年浩劫中最悲惨的牺牲者。一个又一个的湖泊，被填平，被掩埋了。那些供地球呼吸的毛孔，一个个被堵塞了。中国，和其他发展中国家一样，在经济发展与牺牲生态环境之间，首先选择了发展经济，同时，毫不犹豫地选择了牺牲生态，也就是说，以慢性自杀的方式，选择了物质生存。或者说，放弃了清澈的生存，而选择了浑浊的生存。在追逐资本与财富的原始积累中，中国人所表现的疯狂，盲目，自私，非理性，以及不顾一切，简直到了登峰造极的地步。在这样的历史悲剧中，皮之不存，毛将焉附？许多湖连影子都没有了，此刻再谈湖泊的清澈，岂不是过于奢侈了吗？

因此，当我听到江夏区的同志们谈起湖泊治理的新观点时，我是非常赞同的。他们对国家拨出巨资去治理那些严重污染的湖泊，提出了质疑。如果不对现在的湖泊进行保护，而只是等到严重污染了再去花钱治理，岂不是本末倒置，甚至是鼓励污染吗？对于脆弱的生态环境，保护重于治理，应该是顺理成章的事情了。

于是，梁子湖的周边环境保护提上了政府的议事日程：严格控制湖边土地开发。严禁工业污染。启动湖边农村的现代化改造，建立农村污水与垃圾回收系统。确保梁子湖的二级优质水质标准，还梁子湖一个清澈与洁净，一片清澈的碧水蓝天。

于是，我们从清澈的湖边上船，朝着大湖深处开去。

我知道，梁子湖的闻名，首先是它的团头鲂，也就是毛泽东主席诗词中提到的武昌鱼。现在，则是它的螃蟹，引起余秋雨前来助兴赞叹的大湖蟹。这些生命的繁盛，自然是梁子湖对人类的馈赠。湖水清澈，武昌鱼自然幸甚，大湖蟹也自然幸甚。但是，我想说的是，最大的受益者，其实是保护者自己。大自然其实是最有灵性，最有人性，最懂得馈赠的。你给湖泊一个清澈的生命，湖泊绝对会给予你以及子孙后代一个清澈的现在，一个清澈的未来。

拯救湖泊，其实就是在拯救人类自己。

清澈湖水，其实就是在清澈我们的生命与灵魂。

梁子湖，我怎能不醉，怎能不微笑呢？

我与归元

对归元寺最初的印象,应该是我十周岁的时候,母亲带我到归元寺去数罗汉。我依稀记得,那天穿了新衣,走了好远的路,进了寺院,便到放生池去放生。那是一只小乌龟,怯怯地伸出头来,又赶紧缩了回去。我已经跟它玩熟了,就有些舍不得。母亲说,它也有妈妈,它也要回家,就放了吧。母亲是善良了一辈子的,她除了给我生命,唯一给我的,就是善良。我说好吧。我就将小乌龟放了。我记得池水很绿,是那种深深的绿。小乌龟沉进水里,很快就不见了。就在我担心它的时候,它突然浮出了水面,伸出头来,母亲说,快看啊,快看啊,它在对你点头,向你致谢呢。

放了生,然后就是数罗汉。那是武汉的风俗,小孩过生日,尤其是做十岁,都要到归元寺数罗汉的。随意找一尊罗汉,然后顺着数过去,如果是十岁,就数十尊,再看第十尊是什么罗汉,这尊罗汉便预示了你的命运。那天我究竟数到了什么样的罗汉,已经记不清了。但是，归元寺的庄严与神秘，给我留下了深刻的印象。

以后的岁月里，我就经常去归元寺了。有时是节假日，有时是陪外地朋友来参观，也有的时候，是亲朋好友生病了，有麻烦了，我便到归元寺，为他们祈福，求菩萨保佑。我为亲友们祈福，并不是受了他们的委托，我甚至永远不会去告诉他们，我到归元寺来求菩萨保佑他们了。我的心中有了他们，惦记了他们，真心地希望他们健康、顺利、吉祥、如意，我就来归元寺了。因为我的心引导了我，我的情引导了我，我的善根引导了我，九九归元，是归元寺在冥冥之中引导了我。

在我的心目中，归元寺不仅仅只是一个旅游景点，也不仅仅是一座普通的寺庙。在它漫长的历史中，它始终与武汉同甘苦、共命运，它是武汉历史中不可分割的一部分，或者说，它是武汉生命中不可缺少的生命，是武汉人最可信赖的精神家园。它的佛光自然是恩泽四方，如同它身边的长江与汉水，养育了中华民族，以及灿烂的中华文明一般。但是，作为一个武汉人，我仍然感到归元寺有着家一样的亲切感。你的愿望与追求可以向它表达，你的烦恼与痛苦可以向它倾诉，你的心事与隐秘可以向它私语，你的悔恨与罪孽可以向它忏悔。是的，归元寺当然是佛家重地，但是它敞开胸怀拥抱的，它遍撒甘露恩泽的，不仅仅是佛

放生池

家弟子,而是普天下的芸芸众生。前来参观者,迹到也;前来祈福者,愿到也;有所敬畏者,人到也;有所顿悟者,心到也;觉悟而欢喜者,缘到也;觉悟而亲切,如归家者,归元到也。

20世纪90年代中期,我大病初愈。出院后,决心"休耕",静养身心。有朋友信佛,且是昌明大师的俗家弟子,第一次见我,就一愣,说见过见过,你不记得了？我和你五百年前是师兄弟啊。于是相谈甚洽，立即约我去拜见昌明大师。我和昌明大师都是政协委员，常在会议上见过，相互微笑致意，便过去了。但在归元寺，与昌明大师面对面请教，尚属首次。昌明大师仍然那样地微笑着，谈文学，谈创作，谈书法，谈佛经，令我有如沐春风之感。临别时，又送水果，又送书籍。朋友惊讶说，昌明大师从来没有谈这么长时间的。我说时间长吗？我怎么没有感觉到呢？归元者，归真也，超生灭之界，还归于真寂本源也。聆听教诲而归真之际，又何有时间之羁绊耶？

如今的归元寺，又重新扩建了。某年，归元寺举办盛大的金秋祈福节。新建的广场彩旗飘舞，梵乐环绕，万众云集。我应邀参加，十分高兴。我没有觉得我是客人，也没有觉得我是过客。我再次来到放生池，见到许许多多的龟正聚集在莲花瓣上，仰首晒背。我又想起我十岁的时候来这里放龟的情景。我不知道那只小龟哪里去了，但我相信，池中那只最大的石龟，还有佛家寺院里托碑的石龟，一定就是它变的。而那个十岁的男孩子，又何曾离开过？他的肉身在世上行走，而他的灵魂，则一直在慈航的途中。

一个人的解放公园

说起解放公园,应该是此生与它有缘了。从20世纪80年代起,我就调到武汉市文联工作,单位的地址,就在解放公园路。那时,我还住在汉口的长堤街,每天上班下班,都要骑车经过解放公园。但路过的多,进去的少。岁月匆匆,我感受深刻的,倒不是解放公园,而是它大门前的解放公园路。那是武汉市最美的一条马路。尤其是炎炎夏日,马路两边高大的法国梧桐,在高空相互携手,连接成拱形的林荫大道,遮蔽了火球的焦烤。一进解放公园路,便觉阴凉清爽,暑汗渐消,顿有心旷神怡之快。而进入深秋,黄叶纷飞,风渐肥而雨渐瘦,空旷树廊,路湿人稀,漫步街头,便如同漫步在印象派的油画和《秋日的私语》的钢琴曲之中,那样一种宁静、疏朗、空寂的感觉,诗意而惆怅。那时我在文学月刊《芳草》当编辑,主编是作家杨书案,他就住在文联宿舍。他说,每天晚上,都要和妻子围着解放公园散步一圈。我想,那是多么幸福的事情啊。

也许是因为偏僻的缘故,解放公园给我的印象便是清静。中山公园地处闹市,多少年来,一直是武汉的窗口,是武汉公园的形象代表。因此,一到节假日,中山公园便像个大集市,热闹非凡。而凑热闹和跟风扎堆,恰恰是武汉市民的文化性格。相比之下,解放公园的名气和人气,都在中山公园之后,而且,它温和而宽容,自甘寂寞和宁静,全无"既生瑜何生亮"的焦虑和郁闷,于是,便赚得个清爽和宁静,给喜欢清爽宁静的游客一个怡情养心的空间,一个欣赏公园本色的样本。这是多么好的事情啊。

我对解放公园的喜爱,也恰恰是这样一个原因。我固执地认为,"公园"和"广场""集市"是有本质区别的。公园之于城市,尤其是都市,不仅仅是绿化,不仅仅是休闲,而是一个城市生命的呼吸,生命的通道,是一个喧嚣的钢筋水泥的城市安放灵魂的地方。这样的地方,自然应该是清静的,是属于清风明月,小桥流水的,是让人在清静的大自然中呼吸水汽与花香,放松生命紧绷的弓弦的。热闹与喧嚣不是公园的本色,让公园变成集市和广场,不是城市和公园的骄傲,恰恰相反,是城市和公园的耻辱。

我去解放公园,便是选择它的自然与清静去的。公园里有多少景点,有哪些布局,都和我无关,或者说,不是我所关心的。我要的就是一整园的自然和朴素,一整园的清爽和宁静。我喜欢它弯弯的小河,河上的石桥,偶尔有一两艘游船,缓缓从河岸的柳丝中滑过,而不是像下饺子似的,将一湖碧水煮成了糊汤。我喜欢它高高的笔直的俊朗的水杉林,包括成群结队的鸟儿晨跃晚归的灵动与兴奋。我喜欢它很少有人践踏和打滚的草地,很自由地快乐着,舒展着。我还喜欢在夏日的清晨或者傍晚,不知从哪里传来的蛙鸣,呱,呱,呱的,很节制,很难觅的,晨雾和暮色被它的声音撞得一抖一抖的。此外,我还要说,我喜欢它最宁静的地方——苏联空军烈士墓。我常常无言地坐在那里,什么都不想,就只静静地坐着。我不知道这些烈士的名字,以及他们的家乡在何处。解放公园名称的内涵,应该和他们的牺牲有关吧?很多年前,摄影记者黎德利拍摄过一幅动人心魄的作品:苏军烈士墓前,一男一女相对的腿。黎德利没有展示青年男女的上半身,而是让女孩子的脚尖高高地踮起,给人无限想象的空间。他们是在拥抱吗?是在接吻吗?照片中都没有交代,只是命名为《战争与和平》。

是不是我的生命中注定要和解放公园有缘呢?1989年,我因心脏病而第一次住院。困扰我的是心律不齐,室性早搏。此后的8年中,我先后3次住院,我最美好最重要的生命时段,就消耗在因病而产生的困扰、折磨和痛苦之中。第三次出院后,我下决心在写作上"休耕"1年,摆脱一切杂务和干扰,潜心调理自己的身心。我的家虽然离解放公园尚有几站路，它仍然是我安放灵魂的首选了。每天的黎明时分，天还没有亮透，我就骑车到了解放公园。现在的公园，早晨是属于老年人的，晚上是属于年轻人的，这真是个有趣的现象。我就这样融入了晨练的人群中，到公园来吸取生命的能量。我的目的地，是一棵大松树。在我的冥想中，我和树是彼此的前世今生。我不跑，不走，也不舞枪弄棒。我就在树下练功，静静的，进入纤尘不染的纯净世界，让灵魂从重负、压迫、束缚、创伤中解放出来，如野花一样在清风中自由地开放，如青草一样在原野上顽强地生长，与天地万物同呼吸共命运，让生命找回自己，找回本我，并且沿着它自己的轨道不受干扰地运行。

半年过去了，我和公园渐渐有了感情。一天不去，就像少了什么似的，浑身上下就觉得不舒服。那些树，那些草，那些花和流水，那些阳光和月色，也熟悉了我，喜欢上了我，将我视为了同类、朋友和亲人。我觉得自己渐渐地有力量了，渐渐地轻松了，渐渐地有了飞翔的欲望了。我将一个旧我，一个沉重的壳，留在解放公园了，一个新我在黑土地上春笋般地长了出来。我有一种新生的愉悦与畅快，一种解放的安宁与温馨。

我在解放公园获得了一次解放。这是一个人的解放。一个生命的解放。一个灵魂的解放。

现在，我又很少去解放公园了。我又开始满世界地忙碌和奔波。如果说解放公园是一个窝，一个巢，一个摇篮，一个生命的起始点，那么，一只渴望飞翔的鹰是不可能成天待在鹰巢里的。而且，一个人对一个地方的喜爱和珍惜，是不能用简单的数量作为衡量标准的。就像故乡，故土，老屋傍晚的炊烟，远行时母亲送别儿女含泪的目光，以及在晨风中飘动的白发，是不可能日日复制的。它会成为生命的底色，永远地沉淀在我们的忆恋中。

腊梅

风雪天池行

一、武汉的后花园

身为武汉人,最爱的当然是自己的家乡武汉了。细细想起来,我写武汉的文章,包括诗歌,大概可以编一本不错的书了吧?当然,如果细究起来,旁人会说,你是"卖瓜的说瓜甜"呢。可是,就在不久前,有人在上海著名的《书城》杂志上为武汉说话了。说话的是北京大学著名的学者、教授孔庆东,哈尔滨人,一条北方的热血汉子,他在《六到武汉》一文中非常真实地谈到了他对武汉的直观印象,其中,提到了他到武汉开会时游览"武汉的后花园"木兰山和木兰湖的感受:"我这才真正感到武汉的深度。"孔庆东说:"武汉的后花园,有高山,有大湖,有灵怪,有掌故,有得道的高僧,有隐居的樵夫,用时髦的话讲,既有秀丽的山川,又有悠久的文明,一幕幕历史的壮剧在武汉上演，得益于武汉拥有一个何其深邃的后台。有如此深广的后花园，别说是九头鸟，就是诞生八十一头鸟，又何足道哉！"

说实话，读了孔庆东先生的文章，我是有些微醺的。微醺的又何止是董某人呢？马上就有旅居上海的武汉人在《书城》上发表读后感，感谢一位北方汉子为武汉说了几句公道话。微醺之余，我又感到有些遗憾：孔先生恐怕没有来得及游览"武汉的九寨沟——木兰天池"。

那样一条深藏于大别山脉之中的，秀美的、幽深的，神奇的峡谷，那样一条将两面明镜般的高山湖泊挑在双肩，将木兰将军的传说藏在山林，将自然的原生态的森林美呈现人间的峡谷，是可以和目前省内、国内许许多多热门的溪沟景观媲美的。更重要的是，这样的峡谷，不是在遥远的蛮荒之地，而是在大武汉的"后花园"之中，倘若孔先生一不小心沁进了这样如诗如画的幽深峡谷之中，又该生出怎样的慨叹呢？

二、摇啊摇，摇到外婆桥

说起来是 3 年前了，黄陂区的朋友请我到石门乡去探奇。黄陂区委宣传部的胡建奇部长是散文家，副部长周大望则是诗人，当"武汉的后花园"木兰山和木兰湖声威大震的时候，他们屡次提到，就在木兰山

松林

和木兰湖的对面,亦即石门山区,还有一片更好的旅游胜景,藏在深山,有待开发。他们说,那是一片神奇的"处女谷",从目前初露端倪的景观来看,大有九寨沟之风韵,而幽深曲折,则更有南方峡谷的独特秀丽。说实话,我在内心里也是半信半疑的。这些年来,中国的名山大川,旅游胜地,我去的也不少了,一说溪沟,一说峡谷,我往往会想起鄂西,或者湘西,而在离武汉市区仅60公里、1个小时车程的黄陂生态旅游区内,会有好似九寨沟那样的溪沟峡谷吗?

我还记得那是11月的下旬,时令已过立冬,气候却似深秋,车进石门,连绵的青山便扑面而来。说是"青山",一点也不夸张,满山都是郁郁葱葱的松树和水杉,重重叠叠,绿得深沉。而在满山的松柏水杉之间，又点染着一丛丛和一片片火红、金黄的红枫、栎树和漆树，如同笔触粗犷的油画，连绵不断地舒展开来。车过石门镇，两边的大山渐渐地收拢了，如同两扇石门无声地关闭，最后只剩下一条窄窄的门缝。我们就在"门缝"的前面停了下来。

木兰天池到了。

传说中的木兰将军的外婆家到了。

那时天池边只有两间简陋的平房，住着水库的管理人员。我们吃着久违的农家菜，喝着真正的锅巴粥，看头顶的夜空如同山泉冲洗了一样纯洁澄净，而满天的银星像金色的油菜花一样灿烂盛开，真有一种如同在乡下外婆家的温馨的亲切的梦幻般的感觉。

那一夜的月色真好。我有好多年没有沐浴这样的月色了。四周的群山，黑黢黢的，剪影般静默着。土路两边，是一弯弯留着稻茬的稻田。黑瓦土墙的农舍，与金色的草垛，草垛边高大的只剩下水墨线条般枝丫的杨树，树梢上浓黑的鸟窝，以及倒垂在空中的已经风干了的丝瓜和丝瓜藤，在白露为霜的冬夜紧紧依偎在一起，如同质朴的水印木刻一般。月色朦胧，夜气荡漾，浓黑的树影倒映在霜地上，就像水中的水藻一般。四周安静极了，农家的狗也奇怪地不盲目地夜吠了，难道它们也知道我们是木兰将军的亲戚和朋友，或者是外婆嘱咐了它们，不要惊扰我们的微醺与梦幻吗？

哦,不用去阅读典故和传说了,木兰外婆家的那种温馨亲切的感觉,已经让我沉醉了。

三、奇特的艺术长廊

转眼已是年底了。黄陂的朋友又邀请我们回外婆家了。

青山依旧。石门依旧。当青山合璧只剩下一条门缝的时候,一片掩映在树林花丛中的别墅群突然出现在眼前。水库边简陋的小平房不见了,取而代之的,是民族风格的酒店与别墅,江南园林般的小桥流水,宽敞的停车场,古朴的茶轩,巨大的水车,高低错落的路灯,俨然一现代化的旅游景点。我这才知道,"藏在深闺人未识"的木兰天池风景区,终于撩开了神秘的面纱,正式向游人开放了。

时不凑巧,来时正逢寒潮,冷风冻雨,横扫若矢。"门缝"内的重重青山,若隐若现于云雾之中。别墅中,暖气开了,温暖如春,可是,我却急切地想进山。于是撑一花伞,顶风冒雨,穿过九曲桥,沿着宽敞的台阶,登上小天池。

小天池是一人工湖。湖水清澈见底,如一块透明的碧玉,环抱于大山和森林之中。虽是初冬,满山铺满金黄的落叶,但在莽莽苍苍的松柏水杉林中,仍然可见红枫和栎树如一团团火红、金黄的火焰,在云雾中闪烁。浓绿、苍翠、火红、金黄全都倒映在小天池中，如同泼了一湖的油彩，一湖的胭脂。黄陂区旅游局的丁局长，是木兰天池风景区的具体策划者，他指着那一片色彩斑斓的大山说，那里命名为"红枫谷"了，若是秋天来，枫叶红了，满山满湖就像披满彩霞，才好看呢。

进入两山对峙的峡谷中，小天池渐渐变成湖湾，渐渐变成大山中逶迤的绸带，渐渐变成瀑布和溪流了。峡谷中，最奇的是一块块石屋般大小的巨石。说起来，巨石有什么奇怪的呢？我在深山老林中看到的巨石太多了，无非是形状奇特，或似人，或似兽，或似物，然后呢，就是长满青苔、地衣，无声地展示着原始与自然。木兰天池风景区中的巨石，形状也奇特，也长着青苔和地衣，但是，最奇特的，却是石上的水纹，不，准确地说，应该是水纹的化石。在大峡谷的入口处，有两块巨石，一卧一立，卧者如屋脊，立者如耸立的纪念碑。卧石上，一道道凸凹相间的纹路，如刀砍斧凿，如鞭痕笞印，密密麻麻，顺石而下，记录着亿万年来山洪暴发时挟雷霆万钧之力咆哮冲刷着山谷，将山脊咬得伤痕累累的惊心动魄的故事。而耸立如碑的立石，平整如熨，上面留下的，则是碟片般细密的纹路，曲曲弯弯，飘飘荡荡，好像是谁用铁刷子洗刷石面留下的刷痕，又像是清流荡漾的写真。轻轻地抚摸着这些鬼斧神工的纹路，一方面感叹着大自然的造化之功，一方面又为天池峡谷中收藏了这么多珍贵的艺术品而庆幸自豪。是啊，沿着山谷溯溪而上，瀑布下，清泉中，到处都是这样镌刻着神秘纹路的巨石，细细观赏，每一块巨石都是一件奇特的艺术品，而整个峡谷便成为独特的艺术长廊。

我们就在这样的艺术长廊中穿行。雨云低垂，幽深的山谷中到处回荡着溪水与瀑布奔流跌宕的响声。蒸腾的水汽与飘荡的雾气就在我们的身边袅绕。开发木兰天池风景区的曹先生说，峡谷中本来没有路，有的地段从无人迹。他们一次又一次地溯溪探路，从石头上滑倒掉进水中，已成了家常便饭。就是凭着这样一种开拓精神，他们硬是打通了从小天池到大天池这罕无人烟的十里峡谷，并且在峡谷中铺设了平整的石板路，将幽闭千年的神奇风景，展现在闲庭信步的游客面前。

峡谷中，天黑得早。我们只有怅然而归了。在满山满谷的水响中，占得打油诗一首："木兰天池好，藏在云雾中。空山闻水响，误入广寒宫。"众人皆笑，只盼明日天晴。

四、雄风万里唱木兰

第二天一大早，正欲进山，冷雨却变成了冰雹，变成了雪子。但停车场的车却不见少。小天池上，隐隐可闻青年游客呼朋引伴之声。于是脚板又发痒,欣然冒雪上山。

昨日游了峡谷,今日改走山路。昔日峡谷不通时,山路便是民间主要通道。3年前走时,皆羊肠小道,或陡或滑,爬山时得十分小心。今日一溜平整石板路,蜿蜒于森林与古藤之中,尽可信步放歌。古藤以紫藤为多,碗口般粗,虬劲缠结,如苍龙游走于古木悬崖之间。有的以一株大树为"伞柄",四周牵引,俨然一巨型绿伞;有的从头顶越过,密密编织,竟成防雨之帐篷。小歇于"帐篷"之下,听满山风声大作,如虎啸龙吟,别有一番滋味。山路渐渐升高,峡谷已在脚下,深不可测。沿路听瀑布轰响,穿松林藤架,便感到风越来越大了。刚才还在对面看去的光秃秃的一片山脊,忽然就在眼前。原来峡谷中著名的龙马石到了。好一个雄浑阳刚的龙马石啊!高高拱于两座大山的山峰之间,如耸立云天的拦河大坝,整座"大坝"上,仍然刻满凸凹相间的水纹,恍然间如见"飞流直下三千尺",轰隆隆从龙马石上倾泻而下。站在龙马石上,便站在了两扇大门之中了,前前后后,再无遮挡。刚才听风,有山作屏障;现在站立在风口,人就成了风的靶子。大风从峡谷中呼啸而来,满山松涛澎湃应和,如闻金戈铁马、冲锋呐喊之声。恍然中,如见木兰将军飒爽英姿,率千军万马,从天而降。

正这么想着,天上竟然飘起了雪花。密密匝匝的雪花在峡谷中旋转飘舞，似无数银色的蝴蝶漫天飞舞。昨日听胡部长说，春天的时候，峡谷中常常飘飞无数彩色的蝴蝶，与姹紫嫣红的春山融汇在一起，好似飘舞飞动的春花。没想到今日在峡谷中观赏到冬天的"蝴蝶"，而且乘长风，穿峡谷，大有"穿林海，跨雪原，气冲霄汉"的豪迈气概。更没有想到的是，如此大风大雪，山中应是寥无人迹的，可是，当雪花飘荡的时候，峡谷中竟然响起了一片片的欢呼声，有人在山上兴奋地叫起了"哦呵"，看来，冒着风雪登山的，并不止我们啊。丁局长说，木兰天池没有冬天。而我想说的是，木兰天池的神奇，就在于它四季有四季的奇观。譬如在风雪中亲身领略雄风万丈，不也是一种独特的体验吗？

　　听说到了龙马石，大峡谷便走了五分之二。看来老天爷是想留下缺憾美，要我们明年再来，在春光中走向大天池了。那么，就让我们满怀期待，期待着木兰天池的春天，期待着武汉后花园的春天。

铁马冰河入梦来

看见九真山，走过永安堡，前面就是侏儒山了。再往前走，便是从武汉通往江汉平原之路上的最后一座小山丘：燕子山。山脚下，就是我曾经住了6年的家了。

从武汉下乡插队到燕子山，我在江汉平原上挥汗劳作了整整6年。其间，多少次经过九真山，印象最深的一次，是打着赤脚到九真山下挑饼肥，一来一回五十几里的路程，19岁的小伙子，跑得挺欢。那时，生产大队有民兵连，我是民兵连的指导员，没打过枪，也没放过炮，但是，在冬季的水利工地上，民兵连从来就是冲锋在前的。虽说是"民兵"，但也是个"兵"呢。"胸怀朝阳闯雄关，身披雷雨炼筋骨"，这是我19岁时写下的诗篇，也是理想主义、英雄主义的一代人的真实写照。虽然住在四面透风的茅棚里，脚上的泥巴还没洗干净，但是，做的梦都是英雄梦，都是怎么样去"解放世界上三分之二的还在受苦受难的阶级兄弟"呢。

一晃眼,廉颇将老矣,我没有想到的是,作为家乡象征的九真山,作为我青春岁月见证的九真山,会成为一艘国防教育的航母,一个现代化的演兵场。

那还是我梦中的九真山吗?怎么到处都是大炮、坦克、鱼雷快艇、歼六战机?那还是我打着赤脚跋涉的龙霓山吗?怎么到处都是国防教育的演兵场?最有意思的是,基地的主人、武汉市蔡甸区人武部的马部长,名字竟然叫"国旗"!难道这一切仅仅只是巧合,是"天将降大任于斯人也"吗?

人间胜景

现在,我来了。

我又来了。

我的朋友们来了。

文学和艺术来了。

文学艺术和国防教育紧紧地握紧双手了。

这不仅仅是缘分,这是必然。

古往今来,文学艺术从来就是一个国家国防教育的重要组成部分。

在中国,文学艺术从来就是激励人民保家卫国的最坚固、最坚韧的万里长城。

看,那在松涛中吟哦的,不就是楚国的屈原吗?"出不入兮往不反,平原忽兮路超远。带长剑兮挟秦弓,首身离兮心不惩。诚既勇兮又以武,终刚强兮不可凌。身既死兮神以灵,子魂魄兮为鬼雄。"这是屈原的名篇《国殇》啊。而又一个吟哦"国殇"的,是南朝诗人鲍照:"疾风冲塞起,沙砾自飘扬。马毛缩如猬,角弓不可张。时危见臣节,世乱识忠良。投躯报明主,身死为国殇。"这些铿锵激昂的诗篇,激发的,是"身当作人杰,死亦为鬼雄"的爱国主义大无畏精神。就在那个时代,我们还听到了来自民间的《木兰诗》,听到了一个代父从军的传奇:"万里赴戎机,关山度若飞。朔气传金柝,寒光照铁衣。将军百战死,壮士十年归。"而承载木兰传奇的,就是与九真山遥遥相望的木兰山啊。

在世界文学史上,像中国古代诗人那样,尤其是唐代诗人那样,有那么多的诗人亲身前往边塞和军营,写下那么多的边塞诗，以至形成一个流派的，恐怕是独一无二了。盛唐著名的边塞诗人高适和岑参就是典型的代表。高适的雄浑深厚、无奈悲壮之美，岑参的边塞风光、神奇瑰丽之美，都给予我们雄浑开阔、昂扬激情的精神愉悦。在《白雪歌送武判官归京》中，我们看到了"白风卷地白草折，胡天八月即飞雪。忽如一夜春风来，千树万树梨花开"的壮丽雪景，而在王昌龄、王之涣的诗篇中，我们更是读到了"黄沙百战穿金甲，不破楼兰终不还"以及"但使龙城飞将在，不教胡马度阴山"的壮志豪情。

"国家兴亡，匹夫有责"，这些千古流传的诗篇，是中华民族爱国精神形象的概括。"僵卧孤村不自哀，尚思为国戍轮台。夜阑卧听风吹雨，铁马冰河入梦来。"这是我最喜爱的诗人陆游的千古名篇。风雨大作之夜，已到暮年僵卧孤村的诗人，想到的不是自己的生死，而是还想"为国戍轮台"，这是何等高尚的情操！其实，在他以前的《长歌行》中，就饱含了铁马冰河的豪情壮志："国仇未报壮士老，匣中宝剑夜有声。何当凯旋宴将士，三更雪压飞狐城！"他的"匣中宝剑夜有声"，使我想起了用生命抒写《宝刀歌》的秋瑾："主人赠我金错刀，我今得此心雄豪。赤铁主义当今日，百万头颅等一毛。""莫嫌尺铁非英物，救国奇功赖尔收。"这些慷慨激昂的诗歌，本身就是爱国主义的"宝刀"啊。

登上九真山,眺望四周,这里曾经是抗日战争的战场。当年在燕子山,我就听说过发生在这一带的许许多多抗战的故事。而中国的文学家和艺术家,不仅贡献了今天的国歌《义勇军进行曲》,而且,真正建立起了爱国主义的艺术长城。萧军《八月的乡村》,为读者描写了一支抗日游击队在斗争中成长的故事,成为最早的直接反映抗日斗争的作品之一。而极富才华的女作家萧红的成名作《生死场》,在"沦陷"的背景下,写出了受凌辱的人民心底的呼号:"我不当亡国奴,生是中国人,死是中国鬼。""假如我们不去打仗,敌人用刺刀杀死了我们,还要用手指着我们的骨头说:看,这是奴隶。"这字字铿锵的诗句,是著名诗人田间在烽火漫天的抗战岁月中所写的名篇。当时,很多的热血青年,就是受到一部文学作品、一首诗、一支歌或一出街头短剧的感动和激励,毅然走上抗日战场的。在全民族同日本侵略者进行殊死搏斗的波澜壮阔的历程中,中国的作家和艺术家也组成了一支英雄的队伍,积极投身到抗日救亡的第一线,以笔为枪,投入战斗,发出民族的最强音。他们的创作,代表了全体中国人民英勇抗敌的决心和信心,也成为唤起民众、英勇抗敌的锐利武器。"起来!不愿做奴隶的人们!把我们的血肉筑成我们新的长城!……"1938年3月27日,中华全国文艺界抗敌协会,就是在汉口成立的,"文协"的发起宗旨真切地反映出文学和文学界面临的使命:

"团结起来,像前线战士用他们的枪一样,用我们的笔,来发动群众,捍卫祖国,粉碎敌寇,争取胜利。"

岁月如风。

岁月如歌。

战争的硝烟散尽,和平的阳光一直照耀着大江南北,长城内外。但是,在这个地球上,仍然闪烁着刀光剑影,仍然每天都有生命在战火中消逝。这个世界并不平静。中华民族和平崛起的征程,仍然是一次新的更加艰巨的长征。在这样的时代,国防的长城中,不可能没有文学艺术的坚石。从某种意义上说,一部优秀的文学作品、文艺作品,在国防教育上,比组织几百人到基地去训练,更加具有号召力,更加深入人心和激励人心。我们还需要"尚思为国戍轮台",还需要"万众一心,冒着敌人的炮火,前进",还需要《说句心里话》,还需要美丽的《小白杨》……一句话,还需要九真山,需要奔驰的战马,需要高高飘扬的国旗,需要有形和无形的"九真山",需要文学艺术和国防教育的紧紧握手。

那么,就让我们再上九真山吧。

我的心仍然年轻。

我们的心仍然年轻。

墙 之 断 想

中国·长城

自从这个蔚蓝的星球上出现了人类，同时就出现了最古老的建筑：墙。

墙是间隔，是阻拦，是屏障，是保护与守卫，同时也是安全或者禁锢的象征。

墙是生命的需要，一如鸟儿需要鸟巢，动物需要洞穴一样。人类为了遮风挡雨，繁衍生存，也需要一间屋子。这样的有顶的有门有窗的房屋，它的四壁，也是墙，但是，为了和单独的仅仅用来间隔的墙区别开来，房屋的墙，就叫做了墙壁。

于是，老百姓有了围墙，皇帝有了宫墙，城市有了城墙，有一个国家甚至建造了这个星球上最古老的最绵长的围墙：长城。

长城在崇山峻岭间蜿蜒起伏，阻挡着塞外的风沙，同时也企图阻挡异族的铁骑。一个日出而作日入而息的农耕民族,需要的只是老婆孩子热炕头,一个鸟巢般的宁静与安全,其从来没有想到去打扰邻家的平静,当然,其也不希望别人来打扰自家的平静,哪怕是那么微小的卑微的幸福与平静。

中国人将自己视为龙的传人,是不是因为长城的逶迤像龙一样在盘旋飞腾呢?但是在我看来,中国文化的十二生肖中,最像中国人的生肖符号,是牛,是食草动物牛,老老实实的、安安分分的、勤勤恳恳的、任劳任怨的耕牛,或者吃的是草,挤出的是奶的奶牛。一辈子硬骨铮铮的鲁迅先生都将自己视为"孺子牛",何况只求温饱的老百姓呢?

墙和牛,是中国人的生命符号吗?

德国·柏林墙

除了长城,这个世界上最著名的墙,恐怕是德国的柏林墙了。

数年前,我随中国作家代表团到法兰克福参加国际书展,曾经去过柏林。虽然那天凄风冷雨,但是,一到柏林,大家仍然首先奔向柏林墙,奔向柏林墙的文化墙。

第二次世界大战以后,柏林一分为二,分属了两个德国。为了防止民主德国的人民逃往联邦德国,民主德国当局于1961年用高墙的形式,将柏林生生地隔离开来。

最初,柏林墙由12公里长的水泥墙和137公里长的铁丝网组成,包括有116个观望台,随后经过了4次改建和加固,柏林墙一共截断了192条街道,32条铁路线,8条轻轨和4条地铁以及3条高速公路。边界上的河流、湖泊也被禁止通航,并加以监视。

在墙的阻隔下,西柏林变成了一座孤岛。谁想在西柏林与联邦德国之间旅行,则必须通过边境的严格检查。在隔离期间,不断有人试图越过柏林墙,寻求自由。在近30年中,至少有239人在试图翻越柏林墙时,丧失了青春与生命。

高高的围墙隔断了国家与民族,隔离了人民与自由,但是,隔离不了文化与艺术的表达。就在柏林墙存在与分离期间,艺术家们登场了。那些彩色装饰画家和艺术家以墙代纸,在柏林墙的西侧开始创作壁画,用美术表达他们的心声。柏林墙于是变成了世界上最令人瞩目的文化墙。

1989年,柏林墙终于倒塌了。一些著名的喷画艺术家在长期保留墙段的东侧一面作画,于是,诞生了著名的文化墙:"东边画廊"。

1990年9月28日,世界上最大的露天画廊在东火车站至奥伯鲍姆桥之间正式开放了,来自21个国家的180位艺术家在长1316米的柏林墙段上,创作了不同主题的绘画。1991年,这段柏林墙被列为保护建筑,其中最著名的作品有《兄弟之吻》、《祖国》等。

我去的时候,这些壁画已经修复了。站在画廊般的文化墙边,我禁不住思绪万千,诗情涌动:

    所有的往事
    都已成为历史
    成为传说
    成为博物馆里的展品

    那些笨重而愚蠢的墙
    像战利品
    甚至像蛋糕一样
    切成一块一块的
    送给朋友去品尝

    二十年了
    当我顶风冒雨来到柏林
    我看见刷白的墙面
    正成为时尚的画廊
    而那些残存的墙体
    被灌木遮蔽着
    一个推土机手
    正面对旧墙
    痛痛快快地耕耘

二十年了
但柏林墙的历史
真的只有二十年吗
它的起点在哪里
它的终点——
它的终点结束了吗

江夏·文化墙

今天，丹桂飘香，阳光灿烂。

我站在江夏的文化墙前，站在古驿道的文化墙前，在繁华与喧闹的大街上，我突然置身于一座露天的展览馆前。

我看见古驿道旁白底粉墙延绵千余米，墙头冠以绿琉璃瓦，墙上的图文丰富多彩，别出心裁。我看见了江夏名伶谭鑫培先生珍贵的剧照，那是光绪三十一年（1905年）所拍摄的京剧《定军山》的片段，那是中国第一部无声黑白电影的图像，弥足珍贵；我看见了梁子湖的风光摄影，还配以清新隽永的短诗；漫步在文化墙边，我丝毫感觉不到墙内是正在施工的工地，而是流连于文化的长廊之中。

突然间，我看到了这样的现代诗，也精心写在了文化墙上，那是江夏作协主席、诗人熊明泽先生专写文化墙的新作：

> 时间的航道游来的樯帆
> 抵于龙泉山下的古驿道旁
> 锚定位在城市的内心
> 目光集束绽放，与樯帆交响
> 百年前的唱腔寻到回音之壁
> 唱念做打也与柴米油盐接壤
> 一段联语数叶蕙兰几行诗
> 爬进墙头介入庸常植入视网膜上
> ……

我不知道其他的城市有没有书写这样的现代诗的文化墙。今天，无数的城市都在提倡文明施工，都将工地与市区用墙体间隔开来。墙上，也画有花花草草，写有名言警句，但是，在文化墙上发表这样的新诗的，恐怕是中国之最了。

武汉正在掀起"城管革命"，江夏的"城管革命"风头更劲。策划这样的文化墙，不仅实行了"城管革命"，提倡了文明施工，真正地为民着想，不再扰民，而且，以独特而个性的创意提升了城市的文化品位，彰显了城市的人文品格内涵。

这样的文化墙，自然也受到了市民的欢迎与认同。许多家长带着孩子来看文化墙，来分享诗歌与艺术的

审美乐趣。难怪熊明泽先生感叹道:

> 哦,分割空间制造距离的墙壁
> 有时竟是敲开心扉的月下高僧
> 与我们比肩站立,彼此对望
> 时间的航道游来的樯帆
> 抵达熙攘横流之上
> 古驿道上的古风绝尘而去了
> 墙,昭示城市某种理想

现代孤独

住宅小区是城市人现代化的聚居地,也是城市人孤独而封闭的聚居地。

和过去的街、巷、胡同相比,小区人彼此陌生而缺乏情感,缺乏和邻里琐碎而水乳融合的交往,缺乏夏夜在屋外乘凉时,一家餐桌上的香油拌豆腐香了一条小巷的文化韵味。

小区为每一个聚居者提供了相对自由、随意、舒适的空间,付出的代价便是孤独、封闭以及同时产生的冷漠与自私。过去,看见有人挨了打、挨了撞,一看是自己的邻居,是从小在一个屋檐下一个胡同里长大的伙伴,血一热,就冲上去了。现在呢?防盗门对防盗门,"猫眼"对"猫眼",电视之声相闻,老死不相往来。张爱玲孤独地死在公寓里,死了好多天了,可又有谁知道呢?

值得玩味的是,小区人居住空间与封闭意识是成正比的。居住面积越大,封闭意识便越强。去沿海地区或者是深圳看看吧，别说是稍有头面的人物，即使是一般的白领，门窗都用金属封闭着，犹如牢笼。过去说，农民曾过着"自给自足"的自然经济生活；现在呢，轮到城里人在金属封闭的牢笼里过着自给自足、自娱自乐的现代生活了。关上门窗，屋里便是世界：电话、电视、电脑、宽带网、收音机、传真机……都与世界紧紧相连。紧闭与开放，又这么奇妙地连接在一起。

小区给现代人提供的最大利益，是隐私安全感。关在自己的家里，想干什么就可以干什么。不过，人类在发明了红外线安全防卫系统的同时，也发明了微型的秘密的针孔式摄像机，发明了高明的窃听器。台湾的一位政治明星小姐，不就是在自己的家中被人安装了摄像机，将最私密的事情拍了个淋漓尽致吗？俄罗斯车臣反政府武装的一个头目，刚刚用手机通话，导弹就迅速地从天而降，砸在他的头上了。

迁居小区几年，自行车每年都要被盗好几辆。孤独、封闭、冷漠的小区人，又是最不安全、最容易遭到盗窃与攻击的。这难道是一种报应么？

择水而居

武汉又早早地陷入到高温之中了。还是大清早呢，天上地下就白晃晃的一片热光了。躲在钢筋水泥的笼子里，朝窗外望去，四周全是拥挤的钢筋水泥的笼子，眼前唯一的绿色，仅是对面高楼防盗网中一点点的盆景，那纤柔的叶片也被烈日晒得蔫蔫的了。

每年长达半年的高温，四周一栋栋钢筋水泥的笼子，犹如以色列的坦克和装甲运兵车，将我们困在自己的蜗居里。

常常在这样的时刻，我便强烈地想起了江河，想起了湖泊，想起了绿莹莹的湖水，想起了清凉凉的湖风。

要是居住在水边，尤其是湖畔，那该有多好呢？是的，太阳还是照样地晒，高温还是照样地横，但是，眼前波动的，毕竟是水了，是绿了，是滋润着生命的水和绿了，是与生命融为一体的大自然了。而在一个人口密集、高楼林立的现代化大都市里，自然与湖泊，自然的湖泊，是比金子还要珍贵的啊！

是的，生命是离不开水的，严格说来，我们赖以生存的地球，其实是一个水球。地球上所有的生命，都是从水中开始孕育的。因此，当人类走出了森林，走出了洞穴，开始建造最原始的房屋时，他们唯一的选择，就是择水而居。现代考古学所发掘的人类最早的城市遗址，是中东地区的古耶律哥民居，这片万年以前的民居，就聚集在约旦河谷。中国新石器时期的村落遗址，是位于西安东郊浐河东侧的半坡村遗址，

西溪之冬（船·鸟）

开阔的河滩台地，是我们的先祖农耕与渔猎的好处所。而与半坡村同时期的许许多多的古代民居遗址，基本上都分布在黄河与长江以及江河湖泊的两畔或周围，即使是古代干旱高原地区的生土建筑，例如距今四五

千年的内蒙古凉城境内的原始社会土窑群落，其面对的，也是被称为岱海的浩瀚湖泊。

一座座房屋，一片片民居，一个个城镇，全都选择在江之畔，河之畔，湖之畔，溪之畔，以及一切近水之地。择水而居，其实是生命繁衍的选择，是人类生存发展的选择啊。

我们的祖先就这样"在水一方"地生活着，劳作着，爱恋着，争斗着。"关关雎鸠，在河之洲。窈窕淑女，君子好逑"，那是河边的相思吗？"我住长江头，君住长江尾"，哪怕相隔千万里，可是"共饮长江水"，水便传递了相思，成为古代的"伊妹儿"了呢。"窗含西岭千秋雪，门泊东吴万里船"，一江春水，给了一生颠沛流离的杜甫多少愉悦啊。"明月松间照，清泉石上流"，那是王维的宁静与闲情。柔情似水，心静如水，愁与仇又何尝不是如水呢？"问君能有几多愁？恰似一江春水向东流"，那是永远没有终点的愁绪；"风萧萧兮易水寒，壮士一去兮不复还"，那是舍生取义的悲壮的复仇。"大江东去，浪淘尽，千古风流人物"，那是东坡的豪放；"杨柳岸，晓风残月"，那是柳永的婉约……水不仅滋润着人类的生命，更滋润着人类的情感，滋润着人类的艺术创造，滋润着人类的文明。所以，新中国流传最广的一首歌，唱的就是"择水而居"："我家就在岸上住，听惯了艄公的号子，看惯了船上的白帆。"

我这一辈子，也与水结了缘。生在江城，长在江城，就不用说了；我下乡是在湖区，大学毕业工作，也是在湖区。我现在居住的小区，叫"荷花苑"。遗憾的是，小区空有其名，而无其实：四周全是干巴巴的钢筋水泥笼子，连水沟也看不见，哪里来的荷花呢？然而我仍然向往着，梦想着，有朝一日，能在湖畔结庐而居，在清粼粼的湖畔，安放我的灵魂。那是一个小小的院落，坐落在绿莹莹的湖畔，在绿树与竹林的掩映中，是一栋平房，或者两层楼的楼房。墙上也许有绿色的爬山虎，但二楼一定要有落地的玻璃窗，面对着水天一色的湖面。那应该是我的书房，宽敞而明亮，坐在窗前，看落霞与孤鹜齐飞，秋水共长天一色，心中该有多少诗情涌动呢？有朋自远方来，或垂钓于湖边，或放舟于湖上，夕阳西下，明月初升，清风徐来，凉气沁心，或把酒，或抚箫，或笑谈，或放歌。一个浪漫的总是充满激情与梦想、充满勃勃生命力与创造力的善良而忠厚的生命，一个也因此总是遭受偏见、误解、打击、诬陷、嫉妒、压制的伤痕累累的生命，应该有一湖清水来洗涤跋涉的尘土以及暗箭洞穿的伤口了。经历了人生的坎坷与磨难，应该有一湖清香来慰藉疲惫的灵魂了。如此全身心地融入自然，回归自然，安放的不仅仅是肉身，而是心灵啊。

那么，就让这样的梦去旅行，去寻觅好了。不用远行，就在武汉的湖畔飞翔好了。也许有一天，它会落下地来，然后萌芽，生长，长出一栋梦之居来，在清粼粼的水边，在绿莹莹的湖畔。

汉口·夕阳

第三辑 码头

>>>

　　那曾是童年的梦境一片片的帆影从天边沁出又融入苍冥中去了

　　像江河倔强的魂灵扇着沉重的翅膀从远古缓缓飘来又执拗地飞向辽远

　　高高手臂擎一面大纛凛凛地扬起船工激昂而悲壮的号子

　　于是银亮亮的小溪像泼辣的羞涩的姑娘们一夜间萌动了战栗的爱情

　　桃花嫣红的笑脸季柳柔软的手臂甚至望江亭迷离的泪眼也挽留不住它

　　连吊脚楼用野性的火和烈性的酒也只截住一夜沉雷般的鼾声

　　江啊河啊用粗重的缆索与纤绳把男人的魂魄统统钓去了啊

　　一片片帆影张着无字的情书灼痛了两岸繁茂的爱与温馨

武汉的码头文化

提起武汉,不能不提到武汉的文化。早在20世纪80年代,我便撰文说过,武汉的文化最鲜明的特色,是码头文化。那个时候,许多朋友不以为然,甚至将此作为一个笑谈。但是转眼到了今天,大家却以谈论码头文化作为时髦了。

时髦也就让它时髦吧,码头文化的始作俑者却不喜欢赶时髦。当大家高谈阔论的时候,我习惯默默无言。但是听着听着,我渐渐就坐不住了。原来许多人将码头文化看作一个贬义词,看作一件粗鄙的外衣,仿佛说起码头文化,就是侮辱了武汉似的。

这是对文化最大的误解,也是对码头文化最大的误解。

首先想说的是,文化不是一件时髦的外衣,可以随心所欲地更换的。文化不是开开谢谢的花朵,青青黄黄的树叶,如果一个城市是一棵大树,文化则是大树的根。

江汉朝宗天际流

说起一个城市的文化,当然要说说这个城市的历史,这个城市最初的功能。在这篇短文里,我不可能用翔实的考证、大量的数据,来阐述武汉的历史。但是我却不能不提到,作为中国"九省通衢"的交通枢纽,武汉自古就是一个"大码头"。

现代考古证明,远在商代中期,武汉就萌芽了城市——盘龙城,而盘龙城的主要功能,便是军事、物资的中转。春秋战国时期,武汉属楚,楚国多江河湖泊,水陆交通十分发达。尤其是它统一了南方以后,商品贸易日益繁荣,最北到达今俄罗斯乌拉尔河流域的巴泽雷克地区,最南到了今印度。其时武汉尚为零散渔村,渔民除了打鱼,便是运输。武汉的行政建制,始于汉代,先有江夏(今武昌)、汉阳,再有天下名镇汉口。千百年来，行政隶制虽分分合合，但城市的主要功能，仍然是水陆交通之枢纽，商品集散之码头。翻开一部唐诗，只要一写到武昌、汉阳或者汉口，诗人们不是"送别"，就是"晓泊"。而匆匆停靠之际，武汉给他们的印象，便是"残灯明夜市，晓色辨楼台"，"居杂商徒偏富裕，地多词客自风流"，一个繁华的商业闹市，一个"孤帆远影碧空尽"的水路码头。及至清初，汉口成为四大名镇。1858年，汉口成为天津条约中的通商口岸。1858年12月6日，汉口江面首次出现帝国主义的军舰，汉口随即开埠，帝国主义列强蜂拥而来，划租界，开洋行，设银行，修教堂……其中，殖民主义者抓得最早、最紧的，就是辟航运，建码头。从此，武汉的沿江两岸，不但密布了自古以来的"土码头"，而且出现了密密麻麻的由洋人控制的"洋码头"。

水路如此繁忙，陆路呢，则因为京广铁路的贯通，使武汉迅速成为京广大动脉的中心点，武汉的码头色彩，得到了进一步的强化。武汉的城市功能，武汉的发展与繁盛，武汉被外国人称为"东方的芝加哥"，皆因了码头而做了许许多多的文章。

有的朋友说，武汉的文化，还应包括"租界文化"、"商埠文化"，武昌多衙门，多学府，还应包括"官场文化"和"学府文化"。这样的细分，我不敢苟同。因为它混淆了根与枝蔓的区别。武汉还多茶馆，多客栈，多会馆，多青楼，你能说武汉还有"客栈文化"或者"娼妓文化"吗？武汉为什么多商埠？为什么多租界？为什么多客栈、茶馆以及形形色色的商业消费场所？不就是因为交通的发达、码头的繁盛吗？武汉的文化肯定是多元的，是复合的，但是，其鲜明的特征，乃是码头文化。

其实，承认武汉的码头文化，又有什么不雅的呢？一个穷汉突然发达了，可以编造自己出身于名门，祖宗四代都是书香门第；而朱元璋当了皇帝，也没有否认从小当过放牛娃。既是属于草根一般的文化，那就由不得我们个人的喜好了。你可以不喜好于是不承认，但是那根仍然实实在在地扎在那里，扎在历史与现实中。

武汉的码头形成了独特的码头文化。码头文化深深地影响了武汉人，影响了武汉人的生活方式与思维方式，影响了武汉面对世界的个性表达。

码头的功能是什么？是集散与流通，是人的集散与流通，物的集散与流通，信息的集散与流通，风俗的集散与流通。所谓"来如行云，去如流水"，坐而能知天下事，一日看尽五洲花。于是，码头文化给予武汉人的，首先是开阔而不保守的眼界，是包容不狭隘的心胸，是善于接受新鲜事物、敢为天下先的探索和开拓意识。辛亥革命首义于武昌，并不是偶然的。武汉人的精明与聪明，也不是遗传的。武汉人不排外，多包容，东西南北，五湖四海，兼收并蓄，皆为我用。因此，中国的居多大城市中，只有上海和武汉的前面才冠有"大"字，之所以称"大"，不仅仅在于面积，更在于包容也。

但是这样的集散与流通，虽然给予了武汉商贸的繁华，给予了武汉人"善于扯舵"的精明，其负面的影响，也深深浸润了武汉人。过度的过快的集散与流通，过于的模仿与舍弃，信息之风的一日三变，商业投机与唯利的心理趋使，其负面就是难以积淀，难以坚守，难以持之以恒，难以形成自己的特色与规模。武汉有一句典型的俗语："集家嘴的划子——好扯舵"，集家嘴是汉水汇入长江之处的一个码头，由于水流特急，过去摆渡的都是小船，俗称"划子"。"扯舵"，就是"调头"、"转向"的意思。武汉人特别善于"扯舵"，明明占了信息之先，抢了个先手，可是，一有风吹草动，由于怕吃亏，怕蚀本，马上就"扯舵"，就调头转向，就放弃撤退。其实，世界上的很多事情，尤其是成功，关键在于一旦深思熟虑作了选择，就敢于坚守，不怕暂时的"吃亏"，在坚守中积极调整，在坚守中逐步形成特色与规模。武汉人为什么"醒得早、起来迟"？就是因为太精明、太"贼"，太爱"扯舵"，常常就捡了芝麻，丢了西瓜。

　　有了码头，就有了吃码头饭的人。码头最需要的，就是"搬运"，就是把东家的货，搬运到西家，码头人赚的，是辛辛苦苦的"搬运费"。由此说开了去，武汉除了一大批吃"码头饭"的人外，其繁华的商店，大大小小的老板们，又何尝不是赚的"搬运费"？武汉有一句俗话："黄陂到孝感——县（现）对县（现）。"武汉人喜好赚"现钱"，喜欢"吹糠见米"、"立竿见影"，汉正街老板们最喜欢的就是"一脚蹬"——赶快把货一脚蹬出去。因此，武汉人不耐烦干投资开厂干实业的事情，不耐烦投资回报过程较长且担风险的制造业。一句话，武汉人做生意，多投机，少投资；多短线，少长线；多浮躁，少大气。武汉的制造业不发达，与武汉人不习惯于制造业的投资观念不无关系。

　　有了码头，就有了江湖。江湖有江湖的潜规则，所谓"江湖义气第一桩"。武汉地处三楚，自古多彪悍豪爽之士。武汉人的豪爽义气是出了名的。武汉人对男人最高的评价，是"汉子"，最鄙视的，是"淌江"，是退缩与背叛，即在关键时刻淌着小船从江面上逃跑了。武汉人一旦认你为"汉子"，为"拐子"，为"哥们"，为朋友，马上就对你热情有加，掏心掏肺。武汉人请人吃饭，喜欢讲排场，喜欢讲"味口"，哪怕只有一个客人，也叫上一大桌的菜，不像上海人那样讲求实际。武汉人要的不是那个"吃"，而是那个"味"。武汉人喜欢煨汤，尤其是排骨藕汤。在武汉的老街老巷，如果谁家煨了汤，总是要给对门的或者隔壁的邻居送一碗去。也许只有两块排骨，三块藕，但是讲究的是一份浓浓的情意。邻居将汤接了，马上还一点小礼物，或者是半碗米泡（爆米花），或者是自家腌的咸菜，数量绝对不多，讲究的也是礼尚往来。

武汉人至今还讲究江湖上的口头承诺，叫"搭白算数"，只要搭了"白"，口头同意了，承诺了，就会"算数"，一诺千斤，亦如《射雕英雄传》中，江南七怪和全真派的丘道长一样，用十八年的心血，寻找、培养郭靖与杨康，只是为了一个各自徒弟再比武的承诺。

讲义气，重承诺，在冷兵器时代，抑或在现代化的今天，都不失为一种传统的美德。但是，在一个现代化的法制社会里，江湖义气与现代契约完全是两码事情。"搭白算数"也是一种"契约"，是民间的口头契约，它是以人品道德为支柱的。而现代契约的支柱，则是法制与法律。因此，就在我的身边，常常发生这样的悲剧：几个最要好的朋友一起创业了，创业之初，大家碍于义气和情面，不签合同，不重契约，"搭白算数"。可是，一旦企业做大了，盈利了，矛盾和分歧就来了。每个人对"算数"的期望值,是不一样的。譬如在董事长张三的心里,给李四百分之十的干股,就算不错了,如果是其他的人,恐怕只会给百分之五,甚至更少。可是在李四的心里,他的期望值是百分之二十,或者更多,张三是从小一起长大的同学和朋友,如今做了董事长,赚了大钱,应该"有福同享"啊。于是误会就来了,矛盾就来了,分裂就来了,最后,好朋友就变成仇敌了。改革开放这么多年来,我所见到的武汉人,朋友合伙成功而且坚持至今的,寥若晨星;"搭白算数"最终反目为仇的,却大有人在。因此,武汉成功的企业家不少,但大多是"单干户",而少强强联合的联合体。

现代契约意识的缺乏,还会产生另外一种极端:不尊重、不遵守契约,不讲诚信,视契约为儿戏,为幌子,为骗你上钩的手段,胡乱"搭白",从不"算数"。这是因为江湖上不仅产生一诺千金的男子汉,同时还繁衍一种"痞子"。"痞子"最大的特征,一是不讲诚信,二是流氓习气,三是没有羞耻感。痞子视承诺为鱼钩,所以就胡乱承诺。他欺了你,骗了你,竟然没有丝毫的羞耻感和歉疚感,过了不久,他竟然又若无其事、笑嘻嘻地来找你帮忙了,所打的招牌,仍然是"江湖义气"、"搭白算数"。

有了码头，就有了争斗。在码头的全盛时期，谁控制了码头，谁就控制了集散和流通的业务，控制了一个经济增长点。因此，在旧社会，码头之间的械斗，即"打码头"，是经常发生的事情。汉口的宝庆码头，就是湖南的宝庆帮在清末硬是用武力打出来的。

码头之间如果一发生纠纷，马上就动刀子，恐怕是天无宁日了。于是，解决这些纠纷的办法，有一种叫做"赌狠"，就是看谁狠，看谁厉害。赌狠的时候，双方的人马一字排开，犹如冷兵器时代的对阵。双方各派一个不怕死的汉子，互相赌狠。例如，有一种赌法，叫"三刀六眼"，就是用锋利的尖刀，朝自己的腿上戳窟窿，而且要戳穿，戳了三刀，腿上就留下六个"眼"。这种残酷的赌法，犹如足球场上的点球，双方到场的汉子一个一个地戳，一直赌到有一方扛不住了，或者"拐子"不愿自己的兄弟再受伤了，说一声"算你狠"，退出赌狠。常常还有这样的场面，一旦决出了一个输赢，刚才生死相斗的双方，马上在中间人的调解下，到茶馆去喝茶，或者到酒楼去摆酒，双方按照江湖的规矩，"一笑泯恩仇"，拱手言和。当然，该让出地盘的，还得乖乖让出地盘。

这样的"赌狠"融入武汉的社会生活，就使武汉的文明进程遇到了"粗鄙化"的阻碍，就形成武汉人一种独特的性格：爱"赌狠"。我们常常在公共汽车上，在排队拥挤购物的时候，看到武汉人为了一丁点的小事,互不相让,如同斗鸡,吵骂个不休。在这样的情况下,如果是一个东北人,要么就走人,要么就操家伙;如果是一个上海人,要么就讲理,要么就互相嘲讽一番,文质彬彬地各自得胜回朝。而武汉人呢?则如斗鸡似的,叫骂不休。甲说:"你给老子等着!"然后气势汹汹走掉,仿佛是要去请救兵;乙也不甘示弱,也叫道:"你给老子记住!"也气势汹汹地走了,仿佛也是去叫自己的人马来。不过旁观者不要在这里傻等看热闹啊,他们是不会再来的。因为他们都觉得自己赌赢了。他们赌的是"狠",不是"你死我活",说穿了,是一个臭面子。

武汉人为了一个"面子",往往会付出异常沉重的代价。

但是,武汉人为了一个"面子",往往会不惜代价。

武汉虽然商业发达,但是民间人际关系的基础,"礼"却大于"利"。武汉人讲"礼性",讲"义气",讲"面子",这些农耕时代遗留下来的人际传统,是资本主义以"利"为人际标尺的人们所难以理解的。

武汉是一个开放的包容的城市,如同长江容纳百川一样,它的文化无疑也是多元的。但是文化的底色,我以为是码头文化的。这是没有办法的事情。我们不能为了面子而不去承认它,或者羞于谈论它。在这方面,天津和重庆比我们要做得好。他们的文化人,例如天津著名作家冯骥才,就多次坦承天津的文化中,非常重要的就是码头文化。天津和重庆的媒体甚至将码头文化作为自己城市的特色而正面宣传。由于武汉人爱面子,由于武汉人特别"鄙己崇外",同时对码头文化又有了误解,所以,至今一谈起码头文化,总是羞羞答答的,遮遮掩掩的,不愿意坦坦荡荡地去直面它,去探讨它的成因,去研究它的利弊。作为一个生于武汉、长于武汉的武汉人,我一而再、再而三地谈到码头文化的目的,其实只有一个,那就是"热爱",对武汉永远的、任何力量也割舍不断的热爱!

江滩·码头·船

武汉"贼文化"批判

"贼"者,武汉方言也,仅借普通话中"贼"字之读音(zéi),而非指穿墙打洞之盗贼也。

武汉人所说的"贼",含有聪明精明的意思,但这种聪明,往往是一种圆滑、狡黠的小聪明,即武汉人所说的"小贼"。"小贼"乘公共汽车爱混票;做生意爱玩秤,或者卖水货;"小贼"用公款请客时,往往多开几盒烟揣进腰包,但决不会开一条——心太贪容易露馅,那便不是"小贼",而是"贼狠了","贼过了性",走向了"贼"的反面,变成了"苕",即傻瓜。由此看来,所谓"小贼",便是爱占小便宜,贪小利,损人利己而不露痕迹。

武汉的"贼人"滑得像泥鳅,精得像兔子。兔子没别的本领,就是见势不妙跑得快。做生意也好,干事业也好,"贼人"多的是见风使舵和有奶便是娘的心眼,少的是执著的追求、敢冒风险的闯劲和气魄。武汉的"贼人"欺善怕恶、欺民怕官。"贼人"一般都有一张油嘴，一个善于拉关系、走后门、套近乎，善于贴近和"照护"现任领导的好手段，"贼人"的口袋里往往装着两种烟，一种是"群众烟"，一种是"干部烟"。"贼人"最善于紧跟形势，搞花架子。今天刮东风他便是东风派，明天刮西风他马上是西风派。上级喜欢高调，一夜间就白浪滔天，到处莺歌燕舞；上级要反腐倡廉，马上就四菜一汤，不过那菜盘子的型号便胖了许多。

江滩生意人

由此可见，武汉人所说的"贼"，包含油滑、世故、势利、狡诈以及短视、实用主义等内涵。正如林语堂先生在《中国人》一书中所说："在汉口的南北，所谓华中地区，是信誓旦旦却又喜欢搞点阴谋的湖北人。"余秋雨先生在《上海人》一文中曾一针见血地指出：上海人长期处于仆从、职员、助手地位，有大家风度,却无大将风范,是一种职员心态。武汉有史以来,是个码头,是小商品集散地,市民的主体,是附近黄孝一带的农民。因此,武汉人更多的是一种小商小贩心态,一种小农眼光。这就是武汉的"贼人":不会吃亏,但绝对发不了大财,干不成大事业,生命中深刻的大悲与大喜,都与"贼人"无缘,因为"贼人"只是一条善于钻洞的泥鳅。

也许在不远的将来,武汉会多一些高楼大厦,多一些立交桥,多一些"饼屋"、"精品屋"以及喊着"妈咪"、"爹地"的哥儿姐儿们。但是,倘若这种培植"泥鳅"的"贼文化"依然故我,那么历史只会给武汉一个小商小贩的角色,哪怕那精致的名片上印的是什么"总"什么"长",哪怕那胡萝卜般粗的手指上按的是限量版手机,身边扭的是年轻的靓妞。

你 吓 我

当今的武汉,流行着一句时髦的口头禅,那便是"你吓我"。

这句口头禅,首先是从孩子中流传开来的。后来,"你吓我"便在社会上流行,成为一种约定俗成的惊叹,一种具有武汉地方特色的惊叹,就像北方流行的惊叹或感叹:"他妈的!"

一个新鲜词语的流行,并且在极短时间里被大众认可,往往是有着深刻的社会背景的。细细品来,"你吓我"之所以流行,是因为我们所处的时代,是一个"你吓我"的时代,亦即历史发生巨变或突变的时代。许许多多令人不可思议的事情,不敢想象的事情,不可预测的事情,竟然一股脑儿地挤在一起,争先恐后地变成了现实,怎不令人眼花缭乱、瞠目结舌,只能用一句"你吓我"来表示不可言传的复杂情感。一个昔日的渔村,眨眼间变成世人瞩目的深圳新城,成为中国改革开放的样板;一条古老的汉正街,一夜间变成全国小商品集散之地、万元户密聚之乡；一个普通干部，按照组织安排买了股票，想不到竟然发了大财；一个进城捡破烂的农民，不但捡起了楼房，而且捡到了媳妇，令那些同村的种粮大户羡慕不已……这样一些如今已不算稀奇的事情，对于计划经济体制下的中国老百姓来说，对于已经习惯于"一切行动听指挥"的广大干部来说，岂不是"你吓我"么？至于那些形形色色骇人听闻的腐败，那些长期作为"旧社会"、"资本主义"象征的卖淫、嫖娼、贩毒、走私、绑票、车匪、路霸、巨赌、贩卖妇女儿童等丑恶现象，无不在光天化日之下此起彼伏，屡禁不止，更是不折不扣的"你吓我"了。

"你吓我"的时代是一个机遇与挑战并存的时代，是一个充满痛苦的嬗变，同时也是充满活力与希望的时代，是中国走向现代化不可逾越的时代。生活在"你吓我"时代，是一种幸运，关键在于抓住机遇，使自己成为"你吓我"的主人。当然，这一声"你吓我"应该是一声赞叹，而不要让你的姓名变成铅字，出现在法院公布张贴的"布告"里，让你的亲友惊叫一声："你吓我！"

苕　货

如今做生意，是越来越难了。其中的原因之一，当然是做生意的人越来越多了。老板一多，而且泛滥成灾，竞争自然就激烈。"同行是冤家"，你今天做了"初一"，杀了我的价，坏了我的生意，那好，伙计，我明天就还你一个"十五"，常常就杀了个两败俱伤。因此，做生意也是一个"围城效应"，未下海的人想进去，以为那汉正街只要弯腰就可捡到人民币；而下海后呛了水的，翻了船的，又常常怀念"大锅饭"，怀念看病拿药不要钱的公费医疗。尤其是那些做小本生意的，哪里敢害病呢？一盒消炎药，就得花上20块钱，那些在冬夜里冒着寒风流着清鼻涕偷偷摸摸炸藕圆的婆婆爹爹们，消得起这个炎么？

俗话说"条条蛇咬人"，这的确是人生的经验之谈。

但生意难做的原因中，有一点似乎没引起老板们的注意，那就是促销手段的单调雷同。一搞"巨奖酬宾"，则满世界都挂起了巨奖的横幅。去年的春节，我们单位就买了几大箱某某话梅，想让大家碰个运气，结果毛奖也没摸着，从此以后我们就不再相信诱惑人的什么"巨奖"了。

大老板们腰围粗，赚也好，亏也好，尚有进退的余地，"破船也有三千钉"呢。那些"苗条"的小老板们，尤其是个体户们，倘若不注意研究顾客心理，不讲究促销手段，人云亦云，则非吃亏不可。

例如"大放血"。只要哪家挂出"大放血"的牌子，一条街便"鲜血淋漓"了，有的还用红颜色将"血"写得"鲜血"直流，结果吓得顾客不敢进门。

又例如"厂价销售"，这是如今小店铺最时髦的诱饵，但我在一条街上看到家家门前都歪歪扭扭地写着"厂价销售"，便不禁哑然失笑了。草原上有句谚语："如果每个人都是你的朋友，你便没有朋友。"同样的道理，如果一条街的商品都是"厂价"，又有什么"厂价"可言呢？这样的"厂价"，实际上就是"零售价"。

望着一街一街的"厂价"，我常常哭笑不得。

茅盾先生有部著名的小说《林家铺子》，其中便写到某江南小镇上的林家铺子，仿照上海商店的做法，在年关前贴出"大廉价照码九折"、"大放盘照码九折"的红绿纸条，结果生意依然清淡。而唯一的一次好生意，则是发的"国难财"：当上海发生战事，许多上海人逃难到小镇上时,林家铺子将脸盆、毛巾、牙刷等日用品搭配在一起,打出了"一元货"的广告。结果,"新开市第一天就只林家铺子生意很好,到下午四点钟,居然卖了一百多元,是这镇上十年来未有的新纪录"。以至到了晚上,林老板"添了两碟荤菜,酬劳他的店员"。

当然,那些标榜"厂价"的,还算是懂得顾客最爱便宜的心理的。至于那些标榜"不赚钱"的,则是在"捏着鼻子哄眼睛"了。那些将顾客当"苕货"的老板,自己才是真正的"苕货"。即使是评"学雷锋"的"标兵",也评不到这些自欺欺人的"苕货"头上。

带 一 脚

武汉人说话，其实是很幽默的。与京味的调侃相比，汉味的"局子话"更多地借助了生动形象的借代等修辞手法。例如乘公共汽车，人多而拥挤，便说"硬像筑咸菜坛子"；汽车急刹，别人一下靠在你身上，便骂人家"没带肉架子"；倘若挨骂的人不服气，双方吵起来，旁边的人则幽默地劝解道："伙计们，是不是萝卜吃少了哇？"萝卜是"清火"的，吵架的人"火气"大，不就是"萝卜吃少了"么？在乘车难的年月里，公共汽车犹如皇帝的姑娘，俏得很，只要挤一回公共汽车，这样的"局子话"就可以装满一箩筐。

如今，乘车难的问题已是明日黄花了。除了公共汽车以外，专线汽车、巴士、的士，还有戏称为"麻木的士"的三轮车，以及戏称为"电麻木"的电动三轮车，争相拉客，现在倒是坐车的人俏了。在诸多车辆中，巴士（本文特指"中巴"、"小巴"等小型公共汽车）曾经是最受欢迎的，除了有固定线路外，还可招手即停，想在哪儿下，只要说一声"带一脚"就行了,而且价钱也不贵,花个一两块钱,买个舒服,何乐而不为呢?

但是现在,坐巴士的人渐渐地少了。人们宁愿再去坐公共汽车,或者花高价坐的士,也不愿再去挤巴士了。究其原因,问题出在车主和乘客两个方面。

其一,车主为了赚钱,不顾有关规定,拼命拉客,口口声声说有位子,结果一上车,车内拥挤不堪,成了"咸菜坛子"。巴士车型小,个子高一点还得弯腰挨挤,花钱去"筑咸菜",划得来吗?

深巷

其二，车主为了赚钱，人不挤满不开车，等得你毛焦火辣，他又将车慢悠悠地开，沿途招徕乘客。你急他不急，赚钱是第一。从汉口的王家巷码头到唐家墩，坐公共汽车只要半小时，可是有一次坐巴士，一个钟头还到不了家。你叫司机快一点，他还嘲讽道："想快点？想快点你花钱去坐的士去！"结果时间耽搁了，还花钱着急受气，划得来吗？

其三，巴士本来是"小公共汽车"，但乘客却"惜脚如金"，动不动就叫司机"带一脚"。"带一脚"本是公汽行业里的行话，即叫司机停车。不叫"停车"而叫"带一脚"，便是武汉人的幽默。可是乘客却视巴士为的士，动不动就喊"带一脚"。明明只有几步的路，偏不下车，偏要等车刚刚发动，便叫"带一脚"，以示潇洒。9路公共汽车，沿途只有十余个站点，可是有一次坐9路巴士，沿途却带了29脚！差一点将我的心脏病带发作！这29脚，再加上车主悠悠地"散步"，便使巴士慢如蜗牛。

作为一种公共交通工具，自有公共的道德规范。车主想赚钱，乘客想舒服，都可以理解，但是公共道德规范，其中包括车主应该遵守的职业道德，却是不能"带一脚"的。一车拉不回一个金娃娃，少走几步路也长不了几两肉，何必搬起石头砸自己的脚呢？最近流行的一首顺口溜，我以为是值得"带一脚"者深思的：

> 车主拉客带一把，乘客"潇洒"带一脚，
> 带来带去熄了火，巴士成了乌龟壳。

货币与流氓

不知从什么时候起,能够驱使鬼推磨的货币,一到武汉就变得格外的谦虚了。在具有悠久码头文化的武汉,在开口"婊子"闭口"把妈"的武汉人面前,货币乖乖地贬了值,明明是一块钱,却非得说是"一角";那么十块钱呢,自然就变成"一块"了。你到菜场去买菜,看上了活鲜鲜的喜头鱼,一问价,鱼贩子张开五指:"五角。"你简直不相信自己的耳朵,普通的小菜也要五六角呢,何况这活喜头鱼?你疑惑地问道:"真的五角么?"鱼贩子叼着烟,一脸的侠肝义胆:"真的五角,明码实价。"你放心了,以为遇上了菩萨,以为是雷锋转世"下海"为人民服务。于是兴冲冲地挑了好几条,等到付钱时,你顿时傻眼了:"五角"一下就变成了"五块"。你怯生生地问道:"师傅,刚才不是说五角么?"鱼贩子顿时从菩萨变成了地痞流氓,一脸的鄙夷与讥讽:"你像个乡巴佬?!在武汉,'一角'就是'一块',连这都不懂么?"在武汉,伤一个小市民的自尊心,最妙的办法就是怀疑他是"乡里人"。你当然不愿意丢失"城里人"的尊严了,于是"哑巴吃黄连,有苦说不出",乖乖地掏出钱来,买了一肚子的不舒服。然后悄悄地骂一声"婊子",然后感叹如今"雷锋"也变成了"擂钱",然后在心里暗暗地盘算,如何在妻子面前报假账,以维护"城里人"的尊严,不至于挨骂。

这样的计算方法并不是每个武汉人都清楚的,许多年前,我就曾经被这样不痛不痒地"宰"了一回。出差回汉,已是半夜,走出老汉口火车站,一群"麻木"就围了上来。问到唐家墩多少钱?一个"麻木"说了声:"一块。"于是兴高采烈地上了车,心里暗暗地感动,一下子想起了鲁迅先生《一件小事》里的车夫,决心到家后再加他一点钱,谁知走了一半路,"麻木"停了下来,转身问我:"师傅,你是哪里人?"我怔住了:"汉口人唦!""汉口人?晓得汉口规矩么?"我迷惑不解:"么规矩?"他鄙夷地一笑,仿佛一个贵族不屑一顾地鄙视一个乡下人:"'一块'就是'十块',你晓不晓得?"此时夜静地僻,四下无人,我带着几个旅行包,每个都不止十块钱的,于是打肿了脸装潇洒,挥了挥手。价钱谈妥了,气氛自然就轻松了。和他一聊天,才知道他是黄陂人,到汉口踩三轮车,才刚刚一年。这个"贵族"原来是个地地道道的"乡里人"。

像我这样在武汉土生土长四十余年的正宗武汉人都被这"谦虚的货币"狠狠地宰了，那些"水货武汉人"，那些外地客人，就更不用说了。玩这套把戏的，多是载客的司机、三轮车夫以及形形色色的个体户。用"一块"说成"一角"的骗局骗了你，宰了你，还不让你有半点讨价还价的余地，轻则讥笑你是"乡里人"，重则连骂带打，完完全全的流氓地痞。外地朋友一谈及这一点，个个都深恶痛绝，常常将武汉与湖南的邵阳相提并论，说：邵阳多土匪，武汉多流氓。

记得一位青年学者说过，武汉人兼有南方人与北方人的特点。优者，为南方人的精明与北方人的豪爽；劣者，如南方人的狡诈与北方人的蛮横。而在卖东西或谈价钱时装潇洒，玩弄"一角"就是"一块"的骗局宰消费者，则是狡诈与蛮横的最好注解。而我一向认为，武汉的文化是"码头文化"，码头文化最丑恶的积淀，便是欺善怕恶、蛮不讲理的流氓习气，"一拍二诈三丢手"的地痞式经商，"鸭子死了嘴巴硬"的死不认错行为，自己穷得只剩下破裆裤还瞧不起乡下人，自己吃了亏便巴不得全世界的人都吃亏的小市民心态。过去的封建码头，还标榜一个"义"字，现代的码头文化，则连"义"字也不讲了，又融汇了资本主义原始积累阶段为了赚钱不顾一切的疯狂。"一块"说成"一角"，"十块"说成"一块"，本来是江湖上的"黑话"，又称为"切口"，将它偶尔作为一种幽默与调侃，也未尝不可，但是用它来作做生意计价时的骗局，则实在可憎可恶。其实设这种拙劣骗局者，多为没有板眼没有志气做正经生意的可怜虫，只靠这种花招宰外地人或乡下人。对于这些"小人"们，除了将其归于流氓外，还要在流氓前加一个字，那就是"小"。

《汉口码头》后记

人的一生中，有许多的年份是不能忘记的。对于我来说，2011年命中注定是个难忘的年份。在纪念辛亥革命爆发一百周年的前夕，电视连续剧《汉口码头》顺利地拍完关机了。作为一个系统的文化工程，小说《汉口码头》也如期顺利出版了。按照我和导演钱五一先生的约定，这部以最后的工作台本为基础进行文本转换的小说，我们共同署名，目的只有一个，那就是"纪念"。

我和五一是相识三十年的老朋友了，不仅如此，我们还曾经是一个杂志社的同事。那是1980年代的初期，我们在武汉市总工会《主力军》杂志当编辑。《主力军》的前身是《工人文艺》，我们都是冲着文学梦而走到一起的。五一出身于江南书香门第，那时就是非常有个性的青年作家。后来，我调到文联，他调到电视台，立即因导演电视剧《汉正街》而声名大震。岁月流逝，白云苍狗，三十年河东河西，但我们始终保持着真诚的朋友情谊。而且,五一不止一次地说过,什么时候我们合作一把,就好了。

真诚的愿望总会得到机遇青睐的。去年春天,五一来找我了。五一想拍一部老汉口的电视剧,五一说,这个电视剧非你莫属,怎么样,你来写吧?我说我好好想想。一周后,我将汉口码头的构思设想讲给五一听,刚刚听完构想,敏锐的五一一拍大腿,说道:"成了!"

码头·扛包

五一对我是了解的。我在码头上长大,他年轻的时候也在长航工作,何尝不是一个"老码头"?因此,《汉口码头》的创作对于我们来说,既是偶然,也是必然。我生在武汉，长在武汉，我家族的命运，我个人的成长史，都与汉口、汉正街，汉口的码头、租界，与武汉的历史变迁，紧密相连，息息相关。我的祖辈们清末民初从咸宁山区下汉口，进城求学打工，在汉正街经商；我从小就在码头上勤工俭学，拿着纤绳，帮码头工人拉板车。我第一次拉车时，才九岁，就在长江边的码头上，在炎热的夏天，我开始了在码头勤工俭学的生涯。这样一段难忘的生命体验，成为我这辈子丰富的创作源泉。二十多年前，我就在一篇小说中，描写了当时拉车的感觉与体验：

> 孩子想起夏日的酷热和骄阳的毒晒，想起滚烫的阳光像滚沸的开水一样铺天盖地漫了过来，淹没了他瘦小的身躯。老人拖着板车，他在前面帮忙拉，那"纤绳"磨破了他稚嫩的肩头，红肿了又青紫了，然而还在磨还在磨。老人驼着背，一件粗布背心被汗水全湿透，粘在干瘦的脊背上，一顶旧草帽像蒸笼盖一样盖着汗涔涔的头，而那蒸汽从草帽的缝隙中一缕一缕地冒了出来。孩子呢光着头光着上身，全身只穿一条短裤。那短裤也被汗水湿透了，紧紧地裹住了小屁股和大腿。毒辣辣的阳光像钢鞭一样肆虐地抽打着他，他的眼里嘴里全是咸涩的汗水，他感到整个世界和这汗水一样咸涩。

火啊！火啊！他感到自己在通红的炉膛中燃烧，像一颗煤球像一团白火。

请原谅我在这里回忆起往事。因为当年的那些粗犷的豪爽的码头工人们绝对想象不到，那个跟在他们身后喊号子唱楚剧抢西瓜抢酒喝的少年，会在今天，将他们的风采，他们的灵魂，写进一部电视剧里。当然，《汉口码头》绝对不仅仅是对汉口码头生活风俗简单的摹写，也绝对不是一部简单的"打码头"的帮会剧。在这部电视剧里，我们想展现给大家的，是当年码头的各种形态：湖北茶乡的"乡码头"，汉水边的"土码头"，长江边的"洋码头"；我们更想揭示和阐述的，是"码头"在中国近代史和现代史中丰富的内涵与外延：那些物化形态的"明码头"，那些转化为社会形态的例如帮会、乡党等组织，甚至转化为文化形态、政治形态乃至封建意识形态的种种"暗码头"，都是"码头"立体的不可缺少的注释。至于《汉口码头》，它就是一部武汉城市的发展史，是中国近代史、现代史乃至革命史生动形象的展现。在19世纪末中国的"洋务运动"中，当年外来移民人口占百分之七十以上的汉口，就是19世纪中国的"深圳"：电视剧中主要人物的命运，就是当年农民工进城的命运，当年外资外商与中国现代化进程交织一起的命运。作为中国的交通枢纽，五口通商的口岸之一，汉口的开放、变革，经济的繁荣，城市的发展，造就了一代汉口商人。他们大多出身草根，来自乡野，在中国现代第一波开放大潮中趁势崛起，在历史的码头与江湖中竞争沉浮，但是，每逢历史转折点，或者事关中华民族之大义，他们中的优秀者，都表现出行侠仗义、诚信仁厚、不畏强权、坚持民族气节的"侠商"品格。是的，山西有"晋商"，安徽有"徽商"，武汉的商人，完全可称为"侠商"。在他们的身上，不仅体现了"开放、包容、侠义、敢为天下先"的"武汉精神"，而且，通过这部电视剧，从一个崭新的独特的角度，揭示出辛亥革命为什么会在武汉取得成功的最本质的根源。如同美国学者罗威廉在其研究汉口的专著中指出："对于19世纪后期的汉口来说，不同寻常的是它的城市地位，以及商人在这些活动中发挥了主导作用。……1911年，武汉三镇及其他城市里的年轻的中国资产阶级，以异乎寻常的速度站在了支持革命政府的一边。"

因此，作为一个土生土长的从小在码头上长大的武汉作家，我是多么期待有一部电视剧，能够形象生动地再现当年与"大上海"齐名的"大武汉"的风采；多么期待当代的武汉人，我们的后代，能够通过电视屏幕，了解当年大武汉的历史地位，从而激发起武汉人的历史自豪感，为建设一个新的现代化的大武汉而努力奋斗。同时，我更想说的是，《汉口码头》绝对不是一部地域性的电视剧。汉口特殊的历史地位和地理区位，决定了它是属于中国的，也是属于世界的。如同我们第一次通过电视剧介绍当年汉口至俄罗斯乃至欧洲的"茶马古道"，一个承担了世界茶叶贸易百分之八十的输送任务的城市，注定是属于世界的。

因此，我为我有幸能够加入电视剧《汉口码头》的创作团队而感到荣幸并感恩。同时，我不能忘记的是，电视剧《汉口码头》的创作，也融汇了许多领导与朋友的智慧与心血。特别是五一导演，从去年夏天开始，我们像战士一样顽强战斗，像疯子一样探讨争吵，像孩子一样在深夜的街头高歌，像兄弟一样相互慰藉着前进。作为电视剧《汉口码头》的编剧，我要感谢武汉市委、市政府、市委宣传部、市文联领导的大力支持；感谢市委宣传部朱毅部长、陈汉桥副部长的具体策划与指挥；感谢中央电视台领导和朋友们的支持与厚爱；感谢剧组的演职员朋友们的倾情加盟；感谢在我创作剧本过程中给予我关怀、帮助支持的领导和朋友们；感谢杨文女士和武汉图书馆给予我创作资料上的大力帮助。此外，我还要感谢武汉大学出版社，感谢张福臣先生、邓元梅女士在此书出版过程中的辛勤劳动；感谢命运与历史使命，让我们有缘相聚，共同见证一个城市文明进程中的辉煌一刻。

最后感谢的，是我的家人。倘若没有她们的全力支持，生命之花的突然绽放，几乎是不可能的。

第四辑 纤夫

>>>

银茧般的雪山抽出了一缕缕银丝
清水碱水血水冲拧成坚韧的纤绳
这就是童年的长江童年的我呀
我们拉纤我们开始了艰难的行程

童年的笑声被大山挤成深沉的号子
童年的天真被纤绳勒出道道血痕
但这是比安徒生的童话还要美的童话
他用脚板在坚硬的岩石上一步一步写成

这是地球上最缓慢的行军缓慢然而执著
这是历史上最艰难的长征艰难然而坚韧
我们的全部理想和追求都是为了前进
我们是为了一寸一寸前进才辉煌地诞生

深巷花香

又是一年芳草绿。汉口的大街小巷里,集贸市场的门口,又听见叫卖栀子花和茉莉花的吆喝声了。

我常常会买一束,细心地用清水养着,沉醉在清新的花香里,沉醉在童年的回忆中。

"栀子花来——"

"茉莉花来——"

那是一个扎着麻花辫子的小姑娘,乌黑的辫子上缠着红头绳,扎着一朵洁白的栀子花。她的右手挽着一个竹篮子,竹篮里摆着一排排的栀子花或者茉莉花。她的声音脆脆的,有时带着武汉周边汉阳县或者黄陂县的乡音。小巷是幽深幽深的,她的叫卖声带着花香,是飘飘渺渺的,是绵绵长长的。这时候,外婆就坐不住了。她叫了一声:"栀子花呃——"就迎着花香走去了。

外婆喜欢栀子花和茉莉花,她常常把花儿用手绢包起来，放在枕头边，挂在蚊帐钩钩上，或者用清水养着，放在窗台上或者八仙桌上。于是，在江南的烟雨里，我们家里便散发着栀子花或茉莉花淡淡的清香。

握手楼

那条常常飘着花香的长街，叫做长堤街，那是汉口最古老的一条街道。长堤街原来是汉口防御洪水的一道堤坝，修筑于清朝，后来就成为汉口最早最繁华的一条商业街。

长堤街原来是青石板铺筑的路面，沿街是密密麻麻的商铺。铺面一般是两层楼，楼下是商铺，楼上是住家的木板屋，一排雕花的木窗，黑潮潮的布瓦，瓦棱间长着陈年的艾蒿，或者铁线一般的狗尾巴草。走过了酱坊、锣铺、布铺、香坊和杂货铺，迎面就是十字街头的茶馆了。茶馆里永远弥漫着潮湿的水蒸气，弥漫着茶叶的清香。常常有皮影戏艺人在里面表演皮影戏，那是我童年的"电视"啊。也常常有走江湖的艺人在里面卖唱，二胡或者京胡吱吱呀呀地响起，一个扎着一根独辫的女孩，开始唱戏了，有京戏，有汉戏，更多的是茶客们喜爱的楚戏，《宝莲灯》，《秦香莲》，《天仙配》，《梁山伯与祝英台》……唱戏的女孩是鲜鲜嫩嫩的，听戏的光头们是摇头晃脑的，如醉如痴的。茶馆的门口，常年卖香喷喷的锅贴饺子。那些如弯弯月亮一般的锅贴饺子，一排排地摆在油锅里，油汪汪的。起锅的时候，老板用铁铲敲击着锅沿，大声吆喝着："哎，锅贴饺子哪！——"这样的敲击声和吆喝声，常常清晰地传到我童年的梦中。

随着茶馆飘逸的水蒸气拐一个弯，我的家就在眼前了。

依旧是光滑的青石板路，两边却是一个个住家的里坊了。这是长堤街的一条干流，名叫药帮大巷，过去是经营药材的商贾聚居的地方，汉口著名的药王庙就在我家的斜对面。药王庙的隔壁，就是著名的关帝庙，相传太平天国攻占武汉后，这里曾做过洪秀全的天王府。小时候，我和小伙伴们常常到药王庙和关帝庙里去捉迷藏，汉口俗称"官兵捉强盗"。两座庙里有无数迷宫式的门和小径，还有颓废而阴森的殿堂，只有胆子大的男孩才敢在夜里躲进庙里去当"强盗"。

我的家，在守根里。这是民国初期典型的公馆式建筑，上海叫"石库门"。进门就是天井，然后是木地板的堂屋。堂屋后面又是一个小小的天井，天井旁便是厨房。楼上楼下各有两间房，落地的百叶窗，窗外是镂花的铁栏杆。我就出生在守根里3号一楼的大厢房里。后来，堂屋隔成了一间小房，虽然只有10个平方，却是我结婚的新房，我的女儿又出生在这间小房里。厢房与小房只有一步之遥，但是，在厢房里出生的那个男孩，却成为小房里出生的那个女孩的父亲。

守根里是个小里坊，只有5个门洞，5个门洞互相连接，形成了一个U形的里坊。夏天的晚上，我们常在屋顶的平台上玩耍，在屋脊上跑来跑去，因为每个门洞的平台和屋脊都是相连的，相通的。这里在民国时期是公馆区，住家的都是在汉正街经商的商人。但是，我家的隔壁5号，却住的是文艺界名角。听说1930年代红极一时的电影明星胡蝶就曾在5号居住过。我读小学时，隔壁住的是京剧著名演员高伯岁的女儿一家。他的外孙女儿和我是同班同学。此外，汉剧的一些名角也在5号居住。

武汉的夏天是酷热的。夏天的晚上，整个江城就变成了一个闷热的大蒸笼。太阳快要落山的时候，妈妈和外婆就早早地在天井里泼水降温，泼了一遍又一遍，泼了地面，又泼墙上。那时降温没有电扇，更没有空调，唯一的降温用品，便是外婆和妈妈手中的芭蕉扇。而唯一的冷饮，是外婆泡的花红茶。花红茶用瓷缸装着，瓷缸则泡在脚盆的凉水里。几乎是祖传的竹床，也被凉水抹得凉丝丝的了。外婆或者妈妈就给我们摇着芭蕉扇，给我们讲故事，或者是轻轻地唱歌。夏夜深了，天井将夜空切割成一个坠着银星的方块。外婆常常讲的是"野人婆婆"的故事。外婆说，"野人婆婆"喜欢吃小孩的手指头，就像吃蚕豆一样，嚼得叭叭地响。我们听了，只觉得浑身发冷，毛骨悚然。

夜黑得熟了的时候，漫天的星星就密密麻麻地闪烁在头顶的穹庐之上了，平台上便响起了各种各样的乐器声。5号戏剧界的名角们，他们干干净净地洗了澡了，便沐浴着凉爽的夜风，拉起了京胡，唱一曲"西皮流水"，或者是"二簧倒板"。当然，也有人在拉二胡，是悠扬的《良宵》；我最爱听的是洞箫，是沉郁、悠远的箫声。那箫声呜呜咽咽的，不似京胡那么张扬，却传得悠远。夜静的时候，即使是在汉江边上，也能听见那幽幽的《阳关三叠》，以及悲壮的《满江红》。

我的出生地，我的小学和中学，都属于硚口区。小学是长堤街旁的安徽街小学，就在安徽会馆的旁边。中学是药王庙对面的武汉市44中学，后来改为了财贸中专。我的中学同学中，不少是原来汉正街老字号商铺的后代，例如苏恒泰伞铺、叶开泰药铺等。至于我的父亲，则是汉正街最大的海味号——"德成"海味号的创始人和老板了。据咸宁地方志的同志们讲，父亲是个开明人士，武汉解放前夕，他和一批进步人士一起，迎接了解放军进城。因此，他在新中国成立后曾在市工商联工作，并被安排到武汉市茶叶批发公司工作。某年春天，我在硚口区的汉口茶市喝茶，和张总谈起老茶批，他才知道，我的少年时代，曾经浸润了茶叶的清香。现在，老茶批又到硚口区落户了，这是不是我和硚口前世今生的缘分呢？

官兵捉强盗

在武汉，码头文化不仅影响了武汉人的生活方式，而且影响了儿童的游戏。

和现在的孩子相比，两代人之间最大的差异之一，就在于游戏的差异了。我们这代人，是在集体游戏中度过自己的童年的。那时的家庭，一般都多子女，而且，像现在这样单门独户的公寓楼还很少，一栋房子里常常住着好几户人家。大家共用一个厨房，一个堂屋，一个晒台，公共的空间是如此狭小，孩子们的玩耍自然就以集体游戏为主了。

集体游戏讲究集体游戏的规则，集体主义精神和团队精神，讲究人与人之间的沟通与交流，讲究相互尊重、相互合作与互助，讲究互相妥协与包容，因为不如此，游戏就没法进行下去。而现在的孩子，大多是独生子女，住的是公寓楼，独门独户，游戏的形式也是独自一人玩，比如游戏机、电脑游戏、卡拉OK、看影碟等。这样的游戏,更加个人化,更具有排他性,因为一个孩子玩游戏机上了瘾的时候,是不容许其他人来干扰的。现在的许多孩子,孤独,封闭,不愿意也不会和人打交道,自私自利,这和童年游戏的方式有着密切的关系。

我们童年的集体游戏,主要有如下几种:

老屋的三个男孩

一、官兵捉强盗

那时最流行的集体游戏,是"官兵捉强盗"。一到晚上,就有小伙伴在巷子里喊了起来:"官兵捉强盗啊,不来不算傲啊。"听见喊声,我心里就痒痒了,就跑了出去,跟着喊了起来。"官兵捉强盗"其实就是"捉迷藏",顾名思义,这应该是个古老的游戏了。有意思的是,"官兵"只有一个,而"强盗"却很多。玩游戏之前,大家先出手指头"划头",谁输了,谁就当"官兵"。"官兵"站立的地方,叫做"牢",我们巷子里的"牢",常常设在路灯下。"强盗"要趁"官兵"不注意的时候,跑到"牢"里,就算赢了,就算安全了。而"官兵"要是捉到了"强盗",这个"强盗"便成了"官兵",再去捉"强盗"。

谁都愿意做"强盗",巧妙地躲藏,巧妙地"到牢",用自己的智慧战胜"官兵"。

"官兵"有时候急了,就赖在"牢"边不走,死死地守着,看"强盗"们怎么办。这时候,"强盗"们就要声东击西,调虎离山,或者乔装打扮,化装成女孩子,或者奇形怪状的人,悄悄接近"官兵",然后,猛地跨到路灯下,大喊一声:"到牢了!"

最有意思的一次较量,是"三丫头"当"官兵",去捉"强盗头子"黑黑。"三丫头"是个大男孩,他足智多谋,经常将"强盗"们一个个缉拿归案。那一次,就剩下黑黑还没有"到牢"了。"三丫头"死死地守着牢不肯走,结果黑黑竟然化装成一个老太婆,颤颤巍巍地拄着拐杖,走到了"三丫头"的面前,"三丫头"竟然没有发觉,让黑黑非常俏皮地到了"牢"。

二、跳八关

跳八关类似跳鞍马,只不过由一个人弯腰当作"鞍马"了。也是出手指头"划头",谁输了,谁就当"鞍马",弓着腰,其余的人就从他的背上飞跨过去。

所谓"八关",就是"鞍马"要分八次升高。首先是双手要挨着脚尖,然后,慢慢地往上移动,一直移动到第八关,就是最难的一关,"鞍马"整个人已经站立起来了,只是头还低着。而越过第八关的诀窍,是飞快地助跑,然后,起跳,双手将"鞍马"的脖子和腰猛地一压,再趁势跨过去。

跳八关需要技巧,需要勇气,更需要当"鞍马"的人绝对忠诚地遵守游戏规则。当伙伴们从自己的头上飞越而过时,"鞍马"如果突然一升高,就会将伙伴从高空摔下来,轻则让人头破血流,重则会摔成个瘫痪甚至摔死。因此,跳八关选择伙伴就特别重要。

跳八关需要真正的男子汉。

三、立墙和竖蜡烛

在我们的小巷里,男孩子的游戏很多都是技巧和毅力的竞赛,带有浓厚的习武练功的痕迹。最简单的是"立墙",就是双手撑在地上,全身倒立,贴在墙上看谁倒立的时间最长。

其次是"竖蜡烛",就是不用墙壁作依托,用头顶地,作主要支撑点,然后全身倒立,两腿直直的,好像蜡烛竖起,看谁竖得直,竖得久。那时候幼儿园还不是很普及,我们都没有上过幼儿园;上了学的,学校里的作业也不多,放学以后,尤其是晚上,小巷两边的墙壁上,几乎全都有男孩子在立墙,一排排的,像一只只大壁虎。家长们和女孩子则在一旁一边欣赏,一边评点,一边当裁判。有了家长和女孩子的观摩和鼓励,男孩子们个个都争强好胜了,有的还表演独手立墙,叫做"放独手";有的还潇洒地将腾出来的那只手用来吃东西,拿着花生米或者是米泡,一颗一颗往口里丢。

四、丢 跤

"丢跤"其实就是"摔跤",1950年代在武汉十分盛行。那时候男孩子之间有了矛盾,要打架了,绝对不像现在这样，动不动就拿刀子行凶，乱杀乱砍，而是严格按照江湖规矩，首先双方协商，确定决斗的时间、地点，邀请具有权威性的人物当裁判，然后，再各自组织人马，如约来到决斗地，进行决斗。决斗的方式，就是丢跤，一对一的较量。一般的规矩是三局两胜制，俗称"三打两胜"。有趣的是，决斗的双方见面时，还互相握握手，这样的握手，当然不是表示什么友好，而是表示一种大气和风度，一种男子汉的大气和风度。丢跤开始后，双方的人马都一字排开，在一旁观阵，绝不搞偷袭，也绝不一哄而上，以多打少。一对一的决斗，叫"对手搏劈"；以多打少，叫"打狗子架"。偷袭或者以多打少，不遵守决斗的规矩，均被称为"下三滥"，或者"下三流"，是非常丢脸的事情，你即使赢了，人家也不服你，而且从此以后，大家就不缠你了，你从此就没脸也没资格再在"江湖"上走动。

我们小巷里最会摔跤的，是黑黑。黑黑的大名叫刘仁祺，黑黑是他的小名。黑黑长得浓眉大眼，英俊而壮实。在我们的眼中，他是"外面玩的"，就是说，他已经进入"江湖"了，已经"玩出去"了。在那个时代，如果一个男孩子已经"玩出去"了，大家就对他另眼相看了，就对他有所敬畏了。黑黑的确会打架，会丢跤，他最擅长的是"背包"，就是在摔跤时，突然转身，用背将对方拱起，然后抓住对方的双手，运用腰部的力量，将对方像甩包袱一样地甩到地上。黑黑虽然只比我大三四岁，但在我们眼里，他是男孩子的头儿，按照武汉民间的说法，他是我们的"拐子"。黑黑也的确像个"拐子"，每天晚上，他像教练一样，组织男孩子们立墙、竖蜡烛、练习丢跤，如果是下雨，我们就到他的家里去练习。他家的墙壁上，到处都是我们立墙时印上的鞋印。

黑黑不但会丢跤，而且多才多艺。他爱唱歌，爱画画，每天的清晨和晚上，他常常站在楼顶的晒台上练声唱歌。他那浑厚的男中音，如同他所唱的伏尔加河的河水一样，从我们的头顶上漫过。初中毕业的时候，他同时报考了中央音乐学院和广州美术学院，结果同时被录取了。

那一年中央音乐学院在湖北只招收2个学员，黑黑就是其中之一。

但是黑黑最后却失学了。他没能通过政审。他的家庭出身不好，父亲在新中国成立前做药材生意，是个资本家。我听说他的班主任给他的政审鉴定写得不好，于是他最后既没能进入中央音乐学院和广州美术学院，也没能上高中。

原来黑黑是个"黑孩子"。

出身不好就这样决定了一个人的命运。

而这个对出身不好的学生要求特别严格的班主任，她的出身恰恰也不好。她父亲也是一个资本家，而且是一个大资本家。当然，她自己说，她父亲是一个"红色资本家"。

五、斗蛐蛐

除了这些比较硬朗的集体游戏外，还有一些比较轻松的游戏，比如，打陀螺；推铁圈；打珠子，就是打玻璃球；打洋画；打撒撒（用纸叠成三角形，放在地上，谁打翻了谁就算赢了）；斗蛐蛐等。

蛐蛐，就是蟋蟀，我小时候最爱斗蛐蛐了。夏天的晚上，我们常常游过汉水，到龟山上去捉蛐蛐。最狠的蛐蛐，是红头蛐蛐和"棺材脑壳"，"棺材脑壳"的头四四方方的，听说它常躲藏在坟墓里和棺材里，伴随着它的，常常有非常厉害的毒蜈蚣，还有毒蛇。它们是替"棺材脑壳"把守大门的"将军"，如果被"将军"咬上一口，是要人命的。但是，我那时却不知道"命"是什么，只知道越是这样做，越刺激。我们带着手电筒，带着用纸叠成的装蛐蛐的"罩子"，或者是玻璃瓶子，在漆黑的夜里，悄悄地寻找着荒草凄凄的坟墓，倾听着各种各样的虫鸣，尤其是蛐蛐的叫声。那些叫个不停的，故意炫耀自己的，绝对不是好蛐蛐，这些轻浮的家伙，只会卖弄，却没有锋利的"牙口"。而真正厉害的蛐蛐，是不经常叫的，即使叫了，那声音也格外低沉。

我曾经捉过一只"棺材脑壳",那是一只非常凶猛、非常霸气的"楚霸王"。在斗蛐蛐的陶罐里,它只要振翅一开叫,对手马上就吓得转身逃跑。遗憾的是,这样厉害的"楚霸王",却被我的外婆放跑了。外婆说,这样的蛐蛐,是"神虫",不知在山中"修炼"了多少年,就放了它,成全了它吧,这是积善积德的事情啊。

外婆是"先斩后奏"的,是先放跑了,才跟我说的。我难过了好长一段时间。我常常梦见它又回来了,在床底下叫着,有时又梦见一个身穿铠甲的武将,我想,他就是我的"楚霸王"么?

钢铁是怎样炼成的

我从小是在长江边长大的。那时,我住在汉口滨江公园的附近,我家的对门,就是码头。我从小就十分喜欢看书,可是,我家的生活非常清贫,花钱买书简直就是一种奢侈。那时学生的学习负担远没有现在的孩子这么重,每天放学以后,我常常就到新华书店去看书。当然是假装着要买书,然后赶快一目十行地翻着看,一边看一边用眼角的余光偷偷观察书店营业员的脸色。我这个人,从小就脸皮薄,一旦发现营业员的眼光瞟了过来,我就做贼似的心虚心慌,赶快把书放在柜台上,头也不回地跑出了书店。

一个偶然的机会,我在汉口江汉路的古旧书店发现了一个"新大陆":这里的书几乎都是开架的,而且可以自由地挑选和浏览。由于是古旧书店,来的人要么是儒雅的先生,要么就是穷学生,店里很清净,那些上了年纪的营业员,对穷学生们也十分宽容,有时我站着看久了,一位老先生还主动要我坐在书梯上,说,慢慢看,慢慢看。

就是在这个书店里,我第一次看到了名著《钢铁是怎样炼成的》。

我看到的这本书,没有封面,只见一个瘦削的苏联红军骑兵,高举着马刀,正策马冲锋。是不是男孩子都喜欢看打仗的书呢?反正我是一看就入迷了。一开头,就是调皮的保尔·柯察金在神父的发面里撒了烟末,然后,出现了美丽的冬妮亚,做苦工的穷孩子保尔和军官的女儿冬妮亚相爱了;然后,就是革命、战争、流血、牺牲……对于一个出生于1950年代的男孩来说,还有什么比这些更具有吸引力呢?我们这一代人,是伴随着新中国长大的,是在俄罗斯文学和苏联文学的熏陶下长大的,我们从小看的是《卓亚和舒拉的故事》,我们从小唱的是《莫斯科郊外的晚上》,是《红莓花儿开》,是《山楂树》,是《共青团员之歌》。我们遗憾的,是没有出生在战争年代,没有机会像父兄那样去冲锋陷阵,建功立业;我们向往的,是为了理想,像英雄和先烈那样去生活和战斗。而对于我来说,一个在码头上长大的既聪明又有些调皮的穷孩子,一个生活在自己的诗意和理想中的男孩子,保尔的故事无疑使我产生了强烈的共鸣。我决心把这本书买下来。这是我第一次下决心买一本书。

为了买下《钢铁是怎样炼成的》,我决定像码头上的小伙伴一样,去帮人家拉板车挣钱。

五六十年代的码头，板车尚是运送货物的主要工具。有时板车载物过重，"车老板"一般都雇一个小孩子在旁边帮忙拉。我家里虽然非常拮据，但是，母亲却一直不让我去拉板车。母亲是怕我太小，拉车伤了身子骨，因为我那时才9岁。

但是，为了《钢铁是怎样炼成的》，9岁的我要走向码头去拉板车了。

我是码头上最小的车夫。

第一次拉车的经历对于我来说是刻骨铭心的。那是一个酷热的夏天，被称为中国"火炉"的武汉，酷夏的温度往往高达摄氏40多度。临江的柏油马路晒成了柔软的面团，而我就是在这样的夏天，开始了我的拉车生涯。

我拿着一根带铁钩的麻绳，站在码头的出口。小伙伴们一个个都被雇走了，唯独剩下了我一个人。正在我失望的时候，一个佝偻着腰的老头向我招了招手。

我就这样用一根麻绳拉着小山一样的板车，走进了火一样的炎热之中。那时我9岁，瘦骨伶仃的，穿一条短裤，打着赤膊。天气太热，老头太弱，而我又太小，板车就是拉不动。我拉车的麻绳，没有经过处理，在肩头一拉一扯，肩头就磨破了皮，汗水一浸，火辣辣的疼。老头见我拉不动，就要我把鞋脱下来，打着赤脚拉。这真是一个绝招，柏油马路晒得像铁板一样滚烫，赤脚一踩，就烫起了泡；脚上又烫又疼，就赶快拉车赶快走，恨不得一步就到了目的地。

从汉口的13码头到江汉关，现在乘车只有两站路。而我那时好像经历了一次最最漫长的长征。肩头磨破了，脚上烫起了泡，浑身上下汗水淋淋。我的劳动，换来了5分钱。现在的5分钱，算得了什么呢？有的孩子在路上见了1角钱恐怕连腰也不会弯。但是，那是我第一次用自己的汗水挣来的钱。激励我的，不仅仅是为了要买一本书，而且还因为受了书中保尔的影响，那就是苦行僧似的磨炼自己，像一个真正的男子汉那样活着。明知山有虎，偏向虎山行。愈是艰苦，愈觉得愉快。这是现在的孩子或许不能理解的，而那时的男孩，特别是码头上的男孩，比的就是谁敢吃旁人不敢吃的苦，谁的意志更加坚强。如果说，码头上江湖好汉的习气给了我一个男子汉的品质，那么，《钢铁是怎样炼成的》则告诉了我，一个人活着究竟是为了什么，一个人生命的价值究竟是什么。

后来，我硬是凭自己的汗水挣的钱，买下了《钢铁是怎样炼成的》一书。我一直把它带在身边，而且将保尔的内心独白作为自己的座右铭："人最宝贵的东西是生命，生命属于每个人只有一次。一个人的一生应当这样度过，当他回首往事的时候，他不因虚度年华而悔恨，也不会因为卑鄙庸俗而羞愧，这样，在他临死的时候，他就能够说：'我的整个生命和全部精力，都献给了世界上最壮丽的事业——为人类的解放而斗争.'"这段座右铭,成为我生命的支撑点,成为我在逆境和磨难中顽强奋进的动力。当我初中毕业下乡的时候,这段座右铭就贴在我的床头。炎炎酷夏,在最艰苦最繁重的双抢劳动之余,在蚊虫叮咬的深夜,我仍然将腿浸在水桶里,看书,写诗。凛冽的寒冬,穿着短裤在水利工地上冒着雪花挑堤,也有一种生命被炼成钢的崇高感和愉悦感。后来,在我遭受挫折和磨难的时候,在我生病住院的时候,我都爱将这段话贴在我的床头。这本书的作者奥斯特洛夫斯基就是保尔的原型,他是在双目失明、全身瘫痪的绝境中,以顽强的毅力,写完这本书的。我常常想,世界上竟然还有这样的男人,我也是一个男人,而且是一个健全的男人,我为什么就不能写一本大家喜欢看的书呢?因此,我从小就选择了写作这样一条路,和该书的影响不无关系。当我长大了以后,我舍弃了许许多多的东西,选择了清贫而寂寞的写作生涯,尤其是儿童文学的写作。每当我在深夜面对一盏孤灯写作时,我都有一种保尔冒着严寒修铁路的感觉。长长的铁路伸向远方,许许多多的人为了修铁路而献出了自己最宝贵的青春和生命。当列车隆隆地在铁路上飞驰时,坐车的人有谁会想到有人曾为这条路而倒下了呢?然而,正是这种默默无闻的牺牲和奉献,使我感动,而终生难忘,而默默地加入到新的修路的洪流之中。

是的,保尔的时代离我们已经很遥远了,保尔为之流血奋斗的那个"苏联",也解体而不复存在了。从我的少年时代到现在,这个世界已经发生了翻天覆地的变化。我们面对的,是一个物质的世界,是一个流行的时代,一个"方便面"的时代。现在的流行趋势,是羞于谈理想,羞于谈崇高,羞于谈英雄主义。似乎愈鄙俗,愈市侩,愈自我,愈及时行乐,就愈时尚。但是,《钢铁是怎样炼成的》一书中最闪光的东西没有过时,保尔的精神并没有过时,保尔的英雄主义也没有过时,为了理想,为了祖国而不畏艰险、顽强奋斗的精神没有过时。一个男子汉应该像钢铁一样坚强,应该像战士一样活着的男子汉精神更没有过时。每一代人都有自己别无选择的成长背景,每一代人都有自己生命的支撑点。我尊重现在孩子们的喜好和选择,尊重他们喜爱的书,喜爱的歌,喜爱的偶像;同时,我们也希望孩子们尊重我们少年时代的喜好和选择,尊重我们喜爱的书和歌。我能理解有的孩子花高价去听张惠妹的演唱会,同时,我也希望他们能够理解我用一个暑假的劳动去买一本书,去买《钢铁是怎样炼成的》。在浩如烟海的书籍中,有的书可以给人解闷,有的书可以给人取乐,有的书可以给人以审美的愉悦,有的书则可以影响一个人的一生,乃至影响整整一代人。而《钢铁是怎样炼成的》就是影响了整整一代人的书。现在,我的书柜里,仍然有着不同版本的《钢铁是怎样炼成的》,我常常翻翻它,常常看看它,不是为了怀旧,而是为了前进。

兴趣无价

我和弟弟都是中国作家协会的会员。在武汉，董氏兄弟作家常常是圈内朋友们提及的话题。曾经有不少记者在采访我们时，都不约而同地问到这样一个问题，你们是不是出身于书香门第呢？

我不知道应该如何来回答这个问题。

我听说，也只能是听说，我的先辈中曾经有人在清朝的科举中考中过拔贡。我听说，我的曾祖父是个诗书画俱佳的文人，曾经在武昌的黄鹤楼卖过书画。董家的人还说，我的这个"放荡不羁"的性格，就像极我的曾祖父。按理说，董家应该是个"书香门第"。但是，这一切在我出生以后就成为一个遥远的传说，一个我长大成人以后逐渐听说的传说。这样的传说，这样的出身，和我唯一的关系，就是使我长期生活在因"出身不好"而面临的不公正的政治偏见、政治歧视、政治打击之中，长期生活在逆境、磨难与压抑之中。除此以外，我的童年、少年和青年时代，都是生活在一个极端清贫的单亲家庭里。

我常常回忆起那间十平米的由堂屋隔成的木板小屋。相当长的一段时间,这间小屋里住了祖孙三代人。一张大床,睡了外婆、母亲、小姐姐三人,一张窄窄的木板床,是我和弟弟的天地。中间一张四方桌,是我们吃饭和学习的地方。仅有的一面砖墙,贴满了我们姐弟三人的各种奖状。我的外婆常常骄傲地说,别人家用花纸糊墙,我家里用奖状糊墙!

还记得这样的夜晚,全家唯一的一盏电灯吊在四方桌的中央,我、小姐姐、弟弟三人各坐一方。我们静静地学习,静静地看书。我们从未让母亲在学习上为我们操心。从小学到中学,一直到大学,我的学习成绩都是优秀的,连70分都很少。我们姐弟三人的学习成绩,与家庭的清贫形成了鲜明的反差。

那时的学习,一点也不觉得苦。我学习得特别轻松,特别有兴趣。

有一位哲人说过:"天才在于勤奋。"这样的说法,当然是不错的,但是我却认为,"天才在于兴趣"。倘若没有兴趣,就产生不了勤奋的动力。

我是个兴趣爱好相当广泛的孩子,而且爱囫囵吞枣地模仿和尝试。看了连环画,我便爱自己编故事并画成册;读了古典诗词,虽然根本不懂平仄,甚至有好些字都不认得,也数数词的字数自己"填词"。除了诗画以外,我爱唱歌,爱吹口琴、笛子,唱着吹着,自己就试着"谱曲"编歌;看了法布尔的《昆虫记》,我便常常跑到龟山上去捉蝴蝶,捉"金牛",采树叶、野花,夹在书本里做标本;我爱集邮,爱集糖纸、香烟盒、"洋画";我爱打球,爱田径运动;我爱胡思乱想,读小学三年级时,母亲常叫我洗碗,但我爱偷懒,于是便幻想着设计一种"洗碗机";我爱美术,曾获得武汉市第一届少年儿童画展甲等奖;我爱音乐和戏剧,也曾上台演过歌剧、话剧;我爱外语,初中时便囫囵吞枣地扑向《北京周报》等外文书刊;我爱政治,怀着强烈的兴趣啃过马恩列的不少经典著作,虽然是好奇式的囫囵吞枣。

当然,那时,我最感兴趣的是语文课,我总是盼望着上语文课,盼望着写作文。因为语文课最能展示我的特长和才华,因为我是语文科代表。上课时,我举手最多,受到的表扬也最多。我写的作文经常被评讲或者被刻印出来。是虚荣心吗?是自信心吗?也许都有。但是,现在回想起来,是因为我找到了学习的动力和支点。我觉得每一个人都应该有自己的支点,应该如阿基米德那样自信:"给我一个支点,我可以把地球撬起来。"对于自己的支点,应该充满自信,正如爱默生所言:"自信就是成功的第一秘诀。"有的同学数学好,有的同学外语好,有的同学学习成绩不好但体育特棒,有的同学有一副好嗓子……总而言之,每个人都应该找到自己赖以自信的支点,以支撑起自己学习、奋斗、争取成功的杠杆。"自信人生二百年,会当击水三千里。"中国传统的道德观念总是提倡"中庸"、"平庸"、"人怕出名猪怕壮",反对"冒尖"。这些传统观念压抑、戕害了多少孩子的个性与才华!当然,当年我可没有这样的认识,只是凭兴趣而学,但语文课终究成为我学习上的一个支点,一个突破口,一个测试我个性及才华的试金石。

老宅

广泛的兴趣赋予我一个健全的胃。我什么都爱尝一尝,都爱啃一啃,以吸收有益的营养。"多则廉价,万物皆然,唯独知识例外。"这广泛的兴趣与广博的吸收,为我今天的创作打下了较好的基础。现在,我们的语文课,往往就上成了技术性的"工具课",在应试教育的压力下,许多老师和家长,往往不让学生阅读课外书籍,尤其是文学作品。好像除了教学辅导材料,好像除了"优秀作文选",阅读课外书籍就是不务正业。这样一种想法,恰恰是本末倒置,恰恰忘记了语文课除了"工具性"外,还担负着人文教育的重任,担负着给孩子们拓展自由的精神空间的重任。因此,在这样的教学体制下,自觉地培养广泛的兴趣和爱好,尽量挤出时间多多阅读优秀的课外书籍,努力扩大自己的视野,就显得尤其重要。如果只安心当一个"考试虫",不主动寻找自己的支点,那么,一个人最宝贵的少年时代,就可能在应试教育的折腾中消耗掉。

诗 画 情

我从小就爱画画,母亲非常希望我当一个画家。那时,我的业余时间都用来看书画画了。没有任何老师教我,全凭着兴趣和自己的摸索,随心所欲地学习着铅笔画、炭精画、水彩画、水墨画。

不过,我平生获得的第一个美术大奖,却是一组剪纸。

学习剪纸的缘由,又因了一次"桃园三结义"。

读小学的时候,我有一个好朋友,叫范启华,他的父亲是武汉市著名的剪纸艺人。他家也住在长堤街,离我家不远,我常到他家去玩,常常看他的父亲剪纸,从此对剪纸产生了浓厚的兴趣。与我们要好的,还有一位姓祝的同学,我们经常在范启华家里做作业,也经常在他家里吃饭。有一天晚饭后,范伯父喝了一点酒,兴致很高,看见我们这么相好,就笑着说,你们不如就结拜了兄弟。

我们一听,热血就沸腾起来。那时,《三国演义》

中刘备、关羽、张飞"桃园三结义"的故事,是家喻户晓的,作为男孩子,谁不崇拜这英雄结义呢?于是,我们就到范启华的房间里,虔诚地写了结义的盟誓,点了香烛,按年龄大小排了兄弟次序,然后虔诚地跪拜天地,然后,还偷偷地喝了酒。为了显示庄严,我还提议,将我们的盟誓藏在砖墙里保存起来。我们在范启华的床头敲活了一块砖,然后,将那盟誓庄严地放了进去。

前年我见到了范启华。他现在是一家国有大型企业的中层干部了。他说,他家的老屋前几年拆了。他没有想到,就在拆墙的时候,意外地发现了那张盟誓。

他说,他呆呆地看了好半天。

现在看来,这样的结义,是典型的男孩子的游戏了。但是那时,我们却特别认真。有了这样一层关系,范伯父辅导我学习剪纸就特别热情。他送了一套剪纸的工具给我,我就自己摸索着创作起来。

不久,武汉市在少年儿童图书馆举行全市首届少年儿童画展,我的班主任郑老师也是一个业余画家,他积极动员我们参展。我就自己创作了一组反映儿童生活的剪纸作品参展了。

那是我的第一次创作。现在还能记起的,是"当兵的哥哥回来了",一个小男孩,戴了一顶显然是过于大了的军帽,腰扎皮带,扛了一根棍子当作步枪,雄赳赳地迈步前进。其余的,大概是踢毽子之类的游戏吧?

没有想到，这组剪纸竟然获得了小学组的甲等奖。

没有想到，这组剪纸竟然作为中国儿童美术作品，到北京展出，到香港和海外展出。

我还记得是一次早操之前，学校领导在全校宣读了给我的奖状，颁发了一大堆五颜六色的奖品。那张奖状，在我小木屋的墙壁上贴了好多年，每逢有客人来，母亲总是骄傲地向客人介绍那张奖状，总是要我当面画画给客人看。我理解母亲的心意。一个基本上是守活寡的母亲，看见自己含辛茹苦拉扯大的儿子，按照自己的心愿有了一点出息，怎么能不高兴呢？

遗憾的是，我没有如母亲所愿，成为一名画家。

我获奖以后，武汉市少年儿童图书馆的美术班就吸收了我。后来，又推荐我和另外一名获奖的男同学，将我们保送到湖北美术学院附中去学习。对于一个热爱美术的孩子来说，这是我梦寐以求的啊。可是，我终究没有去成。

我不知道我的政审不合格。

我的家庭出身不好。

从不在我身边的父亲，他的历史第一次影响了我的前途，影响了我的人生轨迹。

有了第一次，便有了以后的许许多多的重复。常常在我最关键的人生时刻，我不能选择的血统最终将我关在了机遇与幸运的大门之外。

但是我自己却不知道。

我只知道母亲默默垂泪。

我只知道外婆狠狠地说:"艺多不养家哪,猷儿啊,就不学画画了,啊?"

常言道:"诗画不分家。"这话是不错的,由于爱画画,我便爱上了诗。

有意思的是,我首先爱上的,是中国的古典诗词。

武汉市江汉路有一家卖美术用品、美术画册的"荣宝斋",古香古色的店堂里悬挂着不少著名国画大师的作品。我常常跑到那儿去看国画。我常痴痴地伫立在那些气韵生动的画幅前,痴痴地看着那山水烟云、花鸟虫鱼,一句话也说不出来。

国画上常常有题画诗,我于是便爱起古典诗词来。交通路古旧书店里有1950年代的文学课本,上面有许多古典诗词,我就买了,边看边背。星期天的清晨,不上课的时候,我就到附近的滨江公园里面去背诗。我还记得我大声背诵杜甫《兵车行》的情景:"车辚辚,马萧萧,行人弓箭各在腰……"那是一个夏天的清晨,大江上波光粼粼,江边杨树柳树的枝条在风中依依袅袅,我觉得心中似乎有什么在涌动,我也想写诗了:

日照江面金蛇舞,点点白帆画中行。
两岸林中蝉声高,江笛一声空中鸣。
蔚蓝天空衬白云,对岸景物似剪影。
工厂浓烟似墨丹,四处传播劳动音。

闲话只颂新社会，一日更比一日新。

(1962年8月16日)

这首"诗"载于我的第一本"诗集"中，那是我大哥从北京给我寄来的一个黑草纸的练习簿，我用来做了自己的"诗集"。

其实，说起写诗，可以追溯到小学二年级。那是1958年，正是大跃进、放卫星的年代，我所就读的三阳路小学也发起了"写诗放卫星"活动。我一口气写了28首，放了一个"卫星"。那些"诗"其实就是顺口溜，如"毛主席，真伟大，打倒地主和恶霸"等。这些顺口溜，得益于母亲在我儿时为我念的一些童谣，那些童谣其实就是一种儿童早期韵律的训练。

小学五年级的时候，我们班上来了一位郑老师，他既是我们的班主任，又是我们的语文老师和美术老师。他的画画得不错，常常拿一些优秀的美术作品要我们欣赏临摹。我在图画本上一边画画，一边也模仿着题上一首诗。这些诗，当然是极幼稚的顺口溜了，但我却非常珍惜这稚嫩的幼芽，将它们记载在"诗集"中，一直保留至今。

在这本"诗集"中，我还抄录了不少毛主席的诗词，以及重庆渣滓洞、白公馆集中营革命烈士的诗歌。现在看来，我喜欢那些激情洋溢、直抒胸臆的抒情诗，从读小学的时候就开始了。

后来，在北京当工人的大哥知道我喜欢诗歌，非常高兴。他那时也正喜欢着诗呢。他给我寄来了一些诗集,我印象最深的,是郭沫若的《女神》。

读中学的时候,我爱上了苏联诗人马雅可夫斯基的"阶梯诗"。那些以气势见长、直抒胸臆的政治抒情诗,给了我很深的影响。我开始在日记本上写"阶梯诗",主要是国际题材的"阶梯诗"。我开始大量阅读中国的新诗和外国经典诗人的诗。艾青、郭小川、李瑛、严阵的诗,聂鲁达、惠特曼的诗,都给了我许许多多的激情和诗情。

一个在炎热的酷夏打着赤脚拉板车的小苦力,一个常常在码头上捡西瓜皮的穷孩子,诗歌该给了他多少精神慰藉呢?生活在自己的精神世界里,生活在自己的诗意的世界里,超然面对一切苦难和挫折,也许是我从小就养成的习惯。

1968年,我和同学们全都下乡了。在艰苦紧张的劳动生活之余,我开始用诗歌来记日记。有时写的是新诗,有时则用顺口溜来记录、捕捉生活中的诗意。

例如深夜从稻场归来,有所感,就来不及洗脸,赶紧将涌出来的诗句记录下来:

> 打罢稻谷夜已深,
> 寂静村庄顿沸腾。
> 家家大狗小狗咬,
> 户户开门关门声。

例如早晨到池塘挑水,见妇女洗衣说笑,心中有所动,也赶快挑水回家,然后急急忙忙将所感所悟记在小纸条上:

  缕缕薄雾水面腾,
  朝霞染得半塘金。
  妇女们洗衣围一溜,
  阵阵笑声棒槌声……

至今,我还保留着不少这样的小纸条。在农村插队的几年中,我写了将近300多首诗,自己编辑了5本诗集。而在报刊上发表的,只是其中的一小部分。

我的处女作,就是这样一首用民歌体写的短诗。有一年春节回家,到一位校友家借书,看到了张志民的《死不着》,非常喜欢。我开始也用民歌体创作诗歌。那时汉阳县隶属于孝感地区,《孝感报》则是在全地区发行的机关报。《孝感报》上每期都有副刊,上面经常发表诗歌。我常看《孝感报》,于是也萌发了投稿的想法。我将自己写的反映农村现实生活的诗挑了几首,寄了去,没想到很快就发表了一首,这首诗是《女司机》,发表的日期是1972年5月29日,署名是"社员董宏猷"。这首诗实际上写于1970年4月,即使在当时,也不是我满意的一首诗。但是,它却成为我的处女作,成为我开始发表作品的第一步,铭刻在我的生命历程中。

从那以后,我就常常在《孝感报》上发表诗歌了。《孝感报》的副刊编辑姓常,常老师知道我是知青后,对我特别关爱,有时,在同一版面上,为我发表两三首诗,还加上短评。我写的知青题材的诗《深山赋》,曾被选入当时湖北省的高中语文课本。我曾应邀到一些中学讲课,亲身经历过学生集体朗读课文也就是自己的作品的盛况。这首诗,就是在《孝感报》上发表的。我的处女作,也引起了当时在汉阳县文化馆工作的一位著名诗人的注意,不久,我就收到了汉阳县文化馆召开的创作会议的通知,然后第一次见到了我景仰已久的诗人管用和。在我的生命历程中,他给予我很多很多的帮助和指导。在回忆自己处女作发表的此时此刻,我不能忘记常老师、管老师以及许许多多师长朋友给予我的帮助,我以为,这是世界上最美的诗篇。

兴趣无价

生命如歌

我不知道一个婴儿呱呱坠地时响亮的啼哭是不是一种歌唱。在我看来,那应该是生命嘹亮的歌声。外婆说,我出生的时候,哭声特别响亮,那么,从那时起,我就开始了歌唱。

是的,唱歌是我生命的需要,是我生命的另外一种形态。从我蹒跚学步到现在胡须花白,一有空闲,我就旁若无人地唱了起来。

一个人在寂静的大森林里是如此。

一个人在繁华的闹市街头也是如此。

只要我想唱。

只因为生命需要歌唱。

是不是因为我属虎的缘故呢?从小我就不是一只笼中鸟。我在家里总是关不住,总是想往外面跑,总是想到巷子里去叫,去喊,去唱歌。

外婆说我"天生是个叫鸡子"。

我学歌学得特别的快,不论什么歌,我只要听几

红灯笼

遍,就学会了。

我出生的那一年,爆发了朝鲜战争。中国人民志愿军越过鸭绿江,开始抗美援朝。我记得我经常唱的是这样一首歌:

> 嗨啦啦啦啦,嗨啦啦啦,
> 嗨啦啦啦啦,嗨啦啦啦,
> 天空出彩霞呀,地上开红花呀,
> 中朝人民力量大,打垮了美国兵呀,
> 全世界人民一条心呀,
> 帝国主义害了怕呀。

那时候,中国和苏联是同一个社会主义阵营里的兄弟国家,中国人称苏联为"苏联老大哥"。

武汉长江大桥就是在苏联专家的援助下修建的，中山公园的对面还专门修建了中苏友好宫。

那时候，我常常吼这么一首歌：

> 毛泽东，斯大林，
> 像太阳在天空照！
> 红旗在前面飘，
> 全世界走向路一条……

我还记得那是个春天的早晨，天空似乎布满阴霾。母亲带着三岁的我到武汉市第一医院去看病。刚刚走到医院门口，忽然听见警报声响了。呜呜的警报声响彻天空，凄厉而恐怖，我吓得紧紧地抓住母亲的手。我听见四面八方都响起了警报声，我看见街上的行人都原地站住了，都默默地低下了头。

我颤抖着问母亲，他们怎么都站着不动了哇？

母亲说，斯大林死了。

我突然就想起了那首歌。

我说，太阳也会死么？

母亲突然紧紧地捂住了我的嘴，捂得我好半天憋不过气来。

在家里，我的歌声并不孤独。

我的两个姐姐都爱唱歌。大姐是武汉市公安局文工团的，姐夫是拉手风琴的。如果有了演出任务，大姐就开始在家里练歌。

那时候正在推广宣传新的婚姻法，有一首湖北民歌叫《小女婿》，唱的是大姑娘嫁了个小女婿的苦恼。一个大姑娘嫁了个小丈夫，也就是小女婿，小女婿还是个小孩子呢，一清早还尿床呢，还把大姑娘从娘家带来的花被单尿湿了呢。

大姐就登台演唱过这首歌。

我最喜欢听大姐唱《小女婿》了，大姐是个民歌嗓子，歌声特别圆润清亮：

> 家雀子家雀子叫哇呃，
> 老鸦子哇几哇呀呃，
> 别人的女婿娃子那么大，
> 我的妈妈子舍，
> 我的女婿娃子一滴嘎啦呃。
>
> 睡到个鸡子叫哇呃，
> 他扯起了一把尿哇呃，
> 把我的花卧单屙湿了，
> 我的妈妈子舍，
> 真是个急促包哇呃。

大姐和姐夫经常到基层去演出，我就跟着他们看热闹。有一次，姐夫到消防中队去演出，那时气氛非常轻松，姐夫就叫我上台去唱歌。

那是我第一次登台演出。我唱的是那时的流行歌曲《金屏似的小山》，那是一首歌唱毛主席的歌。

姐夫为我拉手风琴伴奏。我唱得非常好。我一点也不怯场，相反，我一上台，就兴奋起来，浑身有一股热气在涌动，面对着观众，我充满了表现的欲望。

掌声响了起来。也许是礼貌性的，鼓励性的，也许仅仅因为我是个孩子。但是，我却非常高兴。我想，这些掌声是我自己唱歌"赚"来的，是凭我自己的本领赢得的，这些掌声和我有没有父亲、有什么样的父亲无关，和我穿什么样的衣服、早上吃几个面窝无关。这些掌声是属于我的啊。

童年时代的压抑和自卑会产生两种截然不同的效果：一种是被自卑和压抑压垮、扭曲，从此一辈子都缩手缩脚像老鼠一样生活在阴霾与黑暗里；一种是对自卑、压抑产生强烈的反弹，不计功利、不计后果地表现自己，用成就与成功来证明自己，从而与自卑与压抑作斗争。在潜意识里，我可能属于后者。倘若人生是个舞台，我这一辈子的奋斗与成功，都是为了一个证明：所有的压抑、压制、压迫，所有的打击、磨难、迫害，都不能遏制一个渴望春天的生命，都不能封闭一个渴望自由的灵魂，都不能遏制一个富有创造力的生命的歌唱。

我歌唱。

我用我的全部生命歌唱。

小学二年级的时候，我担任了学校合唱团的领唱。那是一首《布谷鸟》。领唱就是"布谷鸟"，展开翅膀歌唱，然后是清脆的童声合唱："布谷！布谷！"

小学五年级的时候，我参加了第一次唱歌比赛。那是一次全区性的少先队篝火晚会，我在熊熊燃烧的篝火旁演唱了《我是一个黑孩子》。那时我已是少先队的大队长了，左臂的臂章上已是三道红杠杠了。金色的火苗在我身旁闪动，那是一代人青春的火焰吗？

我是一个"黑孩子"。

"黑孩子"获得了一等奖。

读初二时，我开始上台演歌剧了。

歌剧名叫《三月三》，说的是一个中共地下交通站与敌人英勇机智斗争的故事，颇像后来的京剧《沙家浜》，女主角也是一个饭馆的老板。那是我第一次上台演歌剧，我是男主角，扮演的是正面人物：地下党的交通员，身份是国民党的"马副官"。正当我前来饭馆与女老板接头的时候，碰到了国民党的匪连长，于是在酒桌上展开了一场智斗。

排练的时候，酒桌上总是空空的，我们是假干杯，假吃菜，"匪连长"就感慨，说找不到感觉，要是有一桌真正的酒菜，那该多好。"匪连长"高我一届，正读初三，他是个老演员了，而且擅长演喜剧，长相颇像现在扮演济公的明星严顺开。没想到正式上演的那天，酒桌上摆了一桌真正的酒菜，香喷喷的，而且有一盘油汪汪的红烧肉，令"匪连长"和我都大开眼界。坐在酒桌前，我是"地下党的交通员"，重任在肩，虽然眼馋嘴馋，却不敢乱动筷子。而"匪连长"就管不了那么多了，他的眼睛老是盯着酒桌，而且常常就脱离了原来的剧情，与我频频举杯，筷子一动就"捉"住一大块红烧肉，让我不敢多看他那张油腻腻的嘴。

"匪连长"酒肉下肚，果然就匪气十足，乜斜着眼唱道："这个马副官，好像是真的。那个小娘们，可有点嫌疑。老子我今天不走了，我慢慢地看仔细，我慢慢地看仔细。"刚刚唱完"不走了"，就一屁股坐下，又飞快地"捉"了一块红烧肉。

"马副官"就真的生了气，真的调动了"阶级仇恨"，眼睛就开始冒火了，真正地进入了角色，与"匪连长"进行了坚决的斗争。台下的观众，哪里知道我们在为红烧肉而战斗呢？见我们演得真切，演得精彩，便一个劲地鼓掌。

根据剧情的需要，气宇轩昂的"马副官"必须会潇洒地抽烟。那天不但有真的酒菜，而且有真的香烟。"匪连长"常常躲在厕所里偷偷地抽烟，是老烟枪了，而我则是平生第一次抽烟,而且是在舞台上表演抽烟。烟一点着,我就呛了一口,可是我不敢咳,硬是强忍住了。后来,那烟就在我的手中慢慢地烧完了。事后,"匪连长"惋惜地说:"唉,你不抽,就早点把烟灭了,把烟屁股头留给我啦!"对于这些无钱买烟的"老烟枪"来说,人家剩下的烟屁股头都是宝贝。

第二次演出的时候,酒桌上还是摆了几盘真正的菜肴,但是,都是一些素菜,白菜萝卜之类,令人垂涎的红烧肉悄悄地失踪了。"匪连长"便像掉了魂一样,失去了激情。"马副官"仍然演得很认真,歌也唱得很好,只是与"匪连长"演对手戏时,也怅然若失。

中学毕业后,一直到上大学的时候,我还经常上台唱歌或者是演戏。下乡后,我能"吹掉"一瓶高度白酒,抽烟也抽得十分厉害。红烧肉呢,当然也没少吃。但是,我再也找不到第一次在舞台上抽烟吃红烧肉的感觉了,那种属于十五岁男孩独特的感觉。

是在一次演出的前夕吧?我到一个书店去看书,无意中看到了一本聂耳的歌曲集。

聂耳对于我来说,并不陌生。我从小就会唱他的《卖报歌》,上学以后,更不用说学校升旗时唱的《国歌》了。我对聂耳的深刻印象,是看了赵丹主演的电影《聂耳》以后,我觉得赵丹把聂耳演活了,直到现在,我仍然固执地认为,真正的聂耳,就应该是像赵丹那样的。电影中,使我产生共鸣的,首先是青年聂耳四处求职报考剧团遭到冷遇的情景,他的愤懑,他遭拒绝后流下的屈辱的眼泪,都使我产生了强烈共鸣。

夏天的晚上,聂耳在阳台上弹月琴,大街上传来凄凉的卖唱声,那是一个女孩子在唱《孟姜女》:"正月里来是新春,家家户户挂红灯。人家的夫妻团圆喜,我家的丈夫修长城。"我突然想起了儿时的小巷,想起了小巷中走来一个拉胡琴的瞎子,瞎子身边牵着一个瘦削的女孩子,女孩子唱的正是《孟姜女》……电影中使我感到震惊的,是许多歌曲,尤其是那些忧伤凄婉的歌曲,竟然是母亲当作摇篮曲唱过的,我从小就熟悉了它们的旋律,但是,我现在才知道,这些歌曲,例如《铁蹄下的歌女》,竟然都是聂耳的作品:

> 我们到处卖唱,
> 我们到处献舞,
> 谁不知国家将亡?
> 为什么被人当作商女?
> ……

滔滔大江,水天一色,一叶扁舟,半卷风帆,悲愤的歌声随着江水起伏流淌,那江水是不愿做亡国奴的艺术家的热血和热泪吗?

我就这样爱上了聂耳。

我突然想当一个音乐家,当一个像聂耳那样的音乐家。

也许真是命运的捉弄,青年聂耳当年投考剧团遭到冷遇与羞辱的场面,在我的身上重演了。

那是文化大革命期间,我作为第一批知识青年已到农村插队落户了。那是一个夏夜,我正在稻场汗流浃背地打谷,突然接到电报,说我的外婆病危!

我当时就哭了,连脸都没有洗,跑到公路上拦了一辆货车,连夜赶回了武汉。

我失魂落魄地赶回了家,却见外婆微笑着迎接了我。

那时我在农村已经苦干了好几年了。我在农村的表现,也是没话说的了。但是每次招工,我都因为家庭出身不好而卡了下来。就在那个炎热的夏天,武汉歌舞剧院要招收几个男声演员。我的一个朋友想到了我,觉得这是一个机会,就将我骗了回来。

是的,如果不说外婆病危,我是绝对不会回家的。

我像一个苦行僧那样赎罪般地在农村苦干着。

现在,既然回了,我想,就去考吧。

那时,我早已在宣传队里表演男声独唱了,我的嗓子似乎还不错。

便上了考场。

便唱了自己最喜爱的《牧歌》。

因为我觉得《牧歌》既可以展现我的音域音色以

及对气息的控制与运用，又可以展现我对歌曲的艺术处理。

我是十分轻松地手扶着钢琴唱完这首歌的。

哪知道我的自选曲目和演唱姿势触怒了一个主考官。他是一个乐队指挥，他竟然大声训斥我说："你哪儿学的这些资产阶级的样儿啊？还扶着钢琴。"他站了起来，给我做了一个示范，全身挺直，左手握拳，平放在胸前，右手张开，迎接红太阳的光辉，那是当时最流行的最革命的姿势：手捧毛主席的红宝书，永远向前进。他说："应该这样，应该这样，懂不懂啊？"然后，他要我改唱当时最革命的歌曲：《大海航行靠舵手》。

一股热辣辣的东西突然涌了上来。

我的朋友赶紧给我使眼色，要我控制自己的情绪。

我按照"革命的指挥家"的要求做了，唱了。

"革命的指挥家"不吭声了。

"嗯，唱得还不错。"他说。

然后，他问道："你是哪个单位的？"

我当时就愣住了。

我的朋友要求我，千万不能说是知识青年。因为这次招收学员，非得要本市户口，而知识青年是没有城市户口的。

朋友们事先曾为我编造了一个"单位"。

但是，在最关键的时刻，我却怎么也说不出口了。

"革命的指挥家"就不耐烦了："喂，怎么回事啊？

你到底是哪儿的呀?"

面对着他的居高临下和轻视刁难,我也控制不住了,我说,我是汉阳县的,知识青年。

他奇怪地夸张地瞪大了眼睛,那是一种极度的轻视和嘲弄的表情:"什么?知识青年?农村来的?你怎么进来的?啊?"他突然挥了挥手,大声说:"出去出去!简直是开玩笑……"

他就这样开赶我了。

仅仅因为《牧歌》。

仅仅因为手扶了钢琴。

仅仅因为是知识青年。

我的眼泪一下就出来了。

我觉得我受到了极度的伤害和侮辱。

我愤怒地吼道:"出去就出去!你抖什么狠!"然后,我就转身跑了出去。

我噙着屈辱的眼泪离开了歌舞剧院。

我曾经热爱过的、向往过的歌舞剧院。

这一刀简直捅到了我的心里,好深好深。

神圣的音乐殿堂在我的眼中突然坍塌了。

我回到了农村。

我来到了广袤的江汉平原上。

我尽情地唱了一曲《牧歌》:

> 蓝蓝的天空上,飘着那白云。
> 白云的下面,盖着雪白的羊群。
> 羊群好像是斑斑的白银,
> 撒在草原上怎不爱煞人。

唱完了《牧歌》,我拼命地灌起白酒来,一边灌白酒,一边吃生辣椒。

我听别人说,一边喝白酒一边吃生辣椒,最容易坏嗓子了。

我今天就是要坏这个嗓子。

就是这个嗓子使我受到了屈辱啊。

生辣椒好辣好辣,辣得我嗓子生疼,眼泪直流。

我的嗓子当时就哑了,我一边流泪,一边哑着嗓子朝天喊道:

> 羊群好像是斑斑的白银,
> 撒在草原上怎不爱煞人……

我不知道这个世界是不是有一只神秘的命运之手,演绎着许许多多意想不到的悲喜剧。仅仅只过了几年,我又见到了"革命的指挥家"。只不过,我和他的位置戏剧性地对换了一下。

那是1975年,我已经作为当时的工农兵学员上大学了。我这一辈子总是充满了戏剧性的大起大落,就在我坠入命运的谷底时，一个大浪一下又把我推上了浪尖。我作为全县唯一一个"可以教育好的子女"的代表上了大学，而且是我梦寐以求的中文系。

仍然是在文化大革命当中。我到《长江日报》去实习。我接受了一个采访任务，去采访文化战线"深入工农兵大舞台"的情况。

我又一次走进了武汉歌舞剧院。

剧院为我安排了几个采访对象，其中，有一位弯着腰笑得特别谦卑的革命同志，我一看，竟然是久违了的"革命的指挥家"。

我说："老师，您还认识我吗？"

他仔细地看了看我，连连说："有眼不识泰山，有眼不识泰山。"

但我看得出来，他根本就不知道眼前的"泰山"是谁。他只是出于礼貌，不敢说不认识。看来，他早就把我忘了。

他绝对没有想到，他的言行曾经伤害了一颗自尊的心，导致了一个青年对自己的嗓子进行自残。

他嘿嘿地笑了。

我也嘿嘿地笑了。

我将音乐视为自己的生命，但是，我终究没有成为一名音乐家。

真正属于生命的东西，似乎和功利无缘。

我只是兴趣着。我只是爱好着。兴趣一来,呼啦啦地像燃起了一把大火。

就说学二胡吧,心血一来潮,就到处厚着脸皮借同学和朋友的二胡,然后成天就沉浸在里面,一有空就嘎嘎唧唧地"杀鸡",连觉也不想睡,偷偷跑到屋顶的平台上去拉,恨不得将那二胡吃了,一口气就成了一个二胡高手。待到指法弓法学熟了,能流畅地拉曲子了,《赛马》也赛过了,《良宵》也结束了,《二泉映月》也西斜了,《山村变了样》了,学二胡的兴趣也就呼啦啦地退潮了。然后,我又迷上了口琴了。然后,我又迷上小提琴了。

外婆说我是个"万金油",什么东西都想沾一沾,什么东西也都浅尝辄止,东一榔头,西一棒子的,全由着自己的性子来。外婆的话没有说错,我的确是个"万金油"。我没能"专"进去,成为二胡演奏家,只能说明我不是拉二胡的料,没有二胡的天分,当时也就是喜欢罢了。其实,"万金油"也有"万金油"的好处,用今天时髦的说法,这样的学习,不就属于"素质教育"吗?

寻　　源

1. 梦想的种子寻找一块属于它的心田

寻源的种子是在童年时代播下的。

寻源的种子播撒在长江边,播撒在汉江边,播撒在一个天生爱幻想的男孩子的心里。

"汉口",顾名思义,是汉江汇入长江之口。三千里汉江自陕西发源逶迤流来,在武汉与长江砰然汇合,将武汉分隔成武昌、汉阳、汉口三镇。一个城市同时拥有两条大江,它的生命繁衍在大江两岸,它的历史书写在大江两岸,它的梦想又怎能不生长在大江两岸呢?

但是梦想的种子并不是随意播撒的。梦想的种子总是在寻找适合它生根、发芽、开花、结果的心田。

当然,天上有多少颗星星,地上就有多少块心田,并不是所有的心田都适合梦想的种子生长的。有的心田适合生长金色的稻谷，有的心田适合生长火红的高粱，有的心田适合生长饱满的大豆，而有的心田却总是生长罂粟或蒺藜，看起来是美丽的花朵，结的却是毒性之果。

梦想的种子藏在阳光中，藏在月色中，藏在春风中，藏在秋雨中。不论是在白天，还是在黑夜，它都在孜孜不倦地寻找，寻找一块属于它的心田，属于它的家园。

2. 苦孩子的梦想却是甘甜甘甜的

一个小男孩坐在汉江边，汗涔涔的。

童趣

一个汗涔涔的小男孩坐在汗涔涔的汉江边，他像奔腾不息的汉江那样流着汗。

他赤裸的肩头被绳索勒出了一道道红印，有的地方被绳索磨破了皮，沁出了星星血迹。

夏日火辣辣的太阳照着汗涔涔的汉江，也照着汗涔涔的他。在有火炉之称的江城，在火炉的炉火正旺的中午，孩子们都躲在家里或者树荫下避暑了，连不甘寂寞的蝉声也蔫蔫地打着盹，这个赤裸着上身的小男孩，这个刚刚在码头上出了苦力的小男孩，坐在滚烫的汉江边，究竟在做什么呢？

就在这个时候，梦想的种子闯进小男孩的梦境了。

它发现小男孩在痴痴地做梦，痴痴地做着白日梦。

汉江边有人在搬罾，那是一种非常大的网，徐徐藏进了江水里。搬罾的人将罾一把一把地扯起来时，便有一些来不及逃跑的鱼虾留在了大网里。

那个小男孩也在"搬罾"吗？梦想的种子发现他将双手并拢，然后放进了江水里，仿佛是一个罾似的。他一捧一捧地捧着江水，仿佛那水中也有活泼泼的小鱼或者小虾。

这个怪孩子，梦想的种子禁不住笑了。就在这时，它发现孩子张开双臂，像鸟儿一样飞翔起来。在火辣辣的阳光下，在滚烫滚烫的空气中，这个孩子像鸟儿一样，沿着汉江，向着汉江的上游溯流而飞翔。

原来这个天天在汉江边和长江边帮忙拉板车的小

男孩,浑身上下晒得像条黑泥鳅的小男孩,肚子经常饿得咕咕叫的小男孩,竟然在火辣辣的阳光下,梦想着有一天去寻找汉江的源头。当他在汉江里游泳的时候,当他用手指在汉江钓鱼或者钓虾的时候,他总是在痴痴地想,这么多的水,它们究竟是从什么地方来的呢?它们这么日日夜夜不停地流,会不会有一天突然流光了呢?汉江的源头也有一个很大很大的水龙头吗?就像家里自来水的水龙头一样,只要一拧开水龙头,自来水就会哗啦哗啦不停地流淌。有的时候,小男孩还会傻傻地想,会不会是汉江源头的"水龙头"忘记关了呢?他是非常珍惜水的。他想,如果真的是有人忘记了关水龙头,那么,我就应该去帮忙关掉啊。

这个浸泡在汗水中,浸泡在苦水中的小男孩,他的梦想却是甘甜甘甜的。他的心田里一定有一眼甘甜甘甜的泉水,这样的泉水是最适合梦想的种子生长的啊。

梦想的种子于是悄悄地飞进了他的心田,悄悄地播撒在那眼甘甜甘甜的泉水边。是啊,它也想看看汉江的源头究竟是什么样的。一个人一辈子只要探寻过一条大江的源头,那么,他就是一个幸福的人。

3. 汉水的源头其实是一个民族的源头

与东方许多许多的江河一样,汉水也是从西部发源逶迤流来的。它是长江最大的支流,但是,它的历史却比长江、黄河更加古老,更加悠久。在地球早期的造山运动中,汉水就开始形成并开始奔流了。当它在地球上奔流了七亿多年后,长江、黄河才开始诞生。

我们常常说,长江、黄河是我们的母亲河。那么汉水呢?是不是应该称它为"祖母河"或者"外婆河"呢?

我们常常说,长江、黄河是中华民族的摇篮。那么汉水呢?这个更加古老的摇篮,在长江、黄河诞生之前、之后,又孕育了多少生命、多少故事与传说呢?

在中国最古老的诗集《诗经》中,我们听见了来自汉水边的歌唱:"南有乔木,不可休思;汉有游女,不可求思;汉之广矣,不可泳思……"那是一个年轻的樵夫,望着对岸心上的姑娘,放声高唱的一首情歌:南岸有棵高高的大树,可是我不能到树下去休息啊;汉江边有位美丽的姑娘,可是我无法追求她;汉江太宽太广,难以游过去啊……

浩渺宽广的汉江,该孕育了多少这样的诗和歌呀?

汉水的源头,其实是一个民族的源头。

汉水寻源,其实是在寻访一个民族的根啊。

4. 源头总是清浅纯净的

谁也没有想到,汉江边那个憨头憨脑的小男孩,会长成一个一脸络腮胡子的彪悍的汉子。

谁也没有想到，这么一个彪悍的汉子，竟然成了一个作家，而且是儿童文学作家。

连男孩子自己也没有想到，这是因为梦想的种子已经在他的心田生了根，发了芽，一年一年地长啊长，长出青枝绿叶，然后开花，然后结果。每一次花季都是诗情的迸发，每一个果实都无声地昭示着梦想成真。

寻源的机会终于来了。

又是夏天，又是火辣辣的夏天，一个摄制组要拍一部关于汉江的电视专题片，带队的恰恰是那个梦想着寻源的大胡子。

汉江的源头，在陕西省的宁强县境内。一群汉子坐了火车，坐了汽车，轰隆轰隆地，浩浩荡荡地，直插汉江之源。

看惯了浩荡奔腾一泻千里的汉江，看惯了轮船响着汽笛来来往往、江鸥贴着波涛起起浮浮的汉江，看惯了洪水到来之际令两岸的城市和村庄提心吊胆的汉江，于是，当夕阳西下，车停了下来，浑身臭汗的汉子们跑到汉江边去洗手的时候，大胡子一下就怔住了：

——这是汉江吗?!

——这条充其量算是一条清浅的溪流的河流，就是汉江吗？

是的，这就是汉江。在大山的一侧，在大大小小的礁石和鹅卵石之间，在青翠浓绿的水草和岸柳之畔，清清浅浅地流淌的，溪流一般令人怜爱的，就是气吞山河的汉江哪！

大胡子如同雕塑一样矗立在了细小清浅的汉江边。

哦，这就是说，这里离源头已经不远了。

理性和常识曾经一千次地告诉他，梦境和想象曾经一万次地告诉他，世界上任何一条大江的源头，都是由细小的溪流乃至泉水汇聚而成的。但是，当一条在他的生命中奔腾喧闹了几十年的大江，一条在他的生活中一直扮演着雄性的粗犷的彪悍的男子汉的角色的大江，突然一下变成了一个纯净的头上插着一朵野花的山野小姑娘时，他仍然有一种怅然若失、如梦似幻甚至是不真切的感觉。

这样一种感觉、一种印象是那样的强烈，连同那天傍晚的夕阳、群山中的暮霭、天上归巢的鸟群以及水中荡漾的鹅卵石，连同自己身上的臭汗，连同感觉开始凉爽了的晚风，全都与一步即可跨过的溪流般的汉江汇聚在一起，深深地沉淀在他的记忆之中。

5. 生命的源头

如同纤细的蚕丝是从蚕茧中抽出来的一样，溪流般的汉江是从宁强县的博冢山中抽出来的。

终于开始进山了，终于向吐出汉江的"蚕茧"中进发了。

携带着现代化摄像设备的摄制组,仍然恪守着古老而传统的行规,携带了许多的鞭炮,许多的香烛。鞭炮和香烛只是一种形式,它要表达的是一种渴望成功的祈祷与虔诚。

进山的路口,大胡子和伙伴们开始敬香了。那是过去禹王宫的残址,是古代祭祀汉水之源的地方。禹王宫早就被拆毁了,但是宫中一株古老的丹桂,仍然生机勃勃地迎接了来自汉江之尾的朋友们。历史上曾经有过无数类似禹王宫的建筑,甚至比它更庞大,更宏伟,更精美,但是,它们如同落叶一样,消失在历史的风中了。而丹桂依然活着,依然在浓绿的夏天绽放着,依然在开花的季节香飘十里。丹桂与禹王宫的最大区别当然在于一个有根,一个无根,而根的最大功能,当然是吸收生命必需的水,譬如汉江的水,汉江之源的水。

水是汉江的源头,也是生命的源头。

不必叙述登山时艰苦的跋涉了。大江大河的源头从来就不是舒适的旅游景点,从来就没有一条平坦的大道或者缆车将你轻松地送达。

源头总是藏在人烟稀少的深山,或者人迹罕至的高原。源头默默等待的,总是真正热爱源头的人,源头与寻源者,讲究的是一个"缘"。

在向汉江源头攀登的途中,大胡子常常有一种奇异的感觉。眼前巍巍的汉王山,在山岩中时隐时现的汉王沟(汉水此刻的名称,只是山中的一条"沟"了),离源头最近的小村庄汉王村,仿佛都似曾相识,仿佛在好久好久以前,自己就来过这里,也许,自己曾经在这里生活过?在黄土坡坡上种过玉米?在山路弯弯处喊过山歌?那个戴草帽的老汉,为什么冲着自己笑呢?汉王村前的黄狗,看见自己,不但不乱吠,反而迎着自己撒欢呢!

大胡子就是在这样一种恍兮惚兮的状态中,被一种回到故乡的亲切、温馨、怅然甚至鼻子酸酸发呆的感觉包裹着,冲击着,终于登上了汉江的源头!

好一片雄伟而神奇的山峰!壁立千仞,直插云端,如同矗立于天地之间的巨大纪念碑。又如天将倾而巍然挺立支撑住苍穹的巨大石墙,那么庄严,那么肃穆,静默在千山万壑之上,静默在历史之中,静默在宇宙之中。

而石牛洞,就生长在这险峻陡峭的绝壁之上。

浩荡千里的汉江,就发源于这石牛洞之中。

太阳已经偏西了,山风渐渐凉了起来。借助着摄像机的镜头,大胡子看到了他曾在梦中看到的一幕:一块乳头状的钟乳石,从幽深幽深的洞壁上垂了下来,犹如母亲那饱满的乳房,一滴滴晶莹的泉水,从乳头中沁出,渐渐地饱满,渐渐地下坠,形成水珠,犹如成熟而饱满的马奶子葡萄,沉甸甸地坠在枝头。然后,叮咚,叮咚,晶莹的水从乳头滴了下来,而第二粒水珠,马上又从湿润的钟乳石上沁出,又挂在了母亲饱满的乳头上……

啊,那在《诗经》中浩渺如海的汉江,那在《水经注》中汪洋恣肆的汉江,那在大胡子的故乡与长江砰然相遇、奔腾入海的汉江,就是由这一滴一滴的水珠汇聚而成的么?

是的,地球上一条全长1577公里的大江,一条流域面积达15.9万平方公里的大江,它所有的辉煌与痛苦,所有的光荣与梦想,所有的曲折与顺畅,所有的诗情与画意,其实都源于这一滴滴奶水的哺育,一粒粒种子的萌芽。

6. 生命的价值在于过程

鞭炮噼啪噼啪地炸响了。

一缕缕青烟在石牛洞的洞口袅绕,与洞中湿润的水汽融汇在一起,渐渐散入山风中了。

《汉江行》的第一个镜头在汉江的源头庄严地开拍。

梦想的种子终于与一条大江的种子欣然相遇了。

大胡子手持一炷香,站在汉江之源。

他突然想起了三十多年前的那个夏日,那个火辣辣的中午,那个突然萌发了去寻找汉江之源的念头的汗涔涔的中午。

其实,从他的故乡到达汉江的源头,如果坐上火车,坐上汽车,只需要几天的时间。而寻源的梦想变成现实,却整整用了三十多年。

三十多年,应该如同一条大江的流程吧?世界上任何大江大河的价值,不就是体现在它的流程亦即过程之中么?

在这个蔚蓝色的星球上,任何生命的价值,其实也蕴藏于它的过程之中。源头的伟大与永恒,不在于它的起源与发祥,而在于它锲而不舍的前进与奔腾之中。

后　记

去年冬天，电视剧《汉口码头》在中央电视台八套黄金时间播出了。那几天，江城的大街小巷，到处响起了"好个大汉口"的歌声。这首带着汉口人豪气，带有摇滚风格的歌曲，受到了朋友们的喜爱，就像他们喜爱《汉口码头》的电视剧一样。作为编剧，以及歌词的作者，我当然是高兴的。因为我亲眼见到了孩子们在街上大声地唱："好一个大汉口，好一个大码头。"于是，从那一刻起，我就想编一本书，书名就叫《好个大汉口》。

现在，这本与武汉有关的散文随笔集终于呈现在读者的面前。第一辑"小吃"，是我有关武汉小吃的专栏文章。武汉的小吃如此有名，以至国外与我国香港地区的美食家均称武汉为"早餐之都"。我曾在《长江日报》上开设过"武汉小吃丛谈"的专栏。无奈总是穷忙，没有坚持下来。也许今后闲了下来，可以完成这个夙愿吧？

第二辑"江湖",自然是写武汉江湖风貌的。集中看看,仍然是写湖的居多。武汉是百湖之市,这些年,亲眼见证了许许多多的湖泊,在城市扩张的大潮中,一一消失了。过去,满城都是荷香的情景,已成绝响了。不知为武汉的山与湖立传的梦想,有谁能够实现?

第三辑"码头",选了我谈码头文化的文章,以及几篇专谈"汉语"的专栏文章。所谓"汉语"者,武汉的俗语或者口头禅也。过去的多子女家庭,祈求孩子平安,常常就起个贱名,"苕货"啊,"贱货"啊,"水货"啊,"丑货"啊,反正只要是男孩子,都是"货",可见"货来货往"的码头,对武汉人生活方式影响之深。武汉人,尤其是武汉的某些领导,老是以为"码头文化"是贬低了武汉,恨不得给武汉编造一个富贵出身。这样的误解,实在是没有文化的表现。我出生在武汉,成长在武汉,我对武汉的爱,是深入到骨髓里,融化在血液里的。我不怕没有好出身。我也离不开武汉。此生一介书生,从来也没有想过为宦海沉浮而去考虑面子工程,考虑"码头文化"会不会丢面子。其实,码头文化是一种客观存在,完全可以进行学术研究的。我的小小的随笔集,只是我的思考之一而已。

第四辑"纤夫",选取的是我的成长历程。原来想,写武汉的文章,不可没有武汉人。待选取的时候,才知道真的不容易。想来想去,干脆就夫子自道好了。

因为我就是一个典型的武汉人。我的出生地，就在汉口最古老最著名的长堤街与汉正街之间。汉口，包括汉正街，最著名的老字号、老会馆，都在我家附近；而药王庙，就在我家对面。读者可以透过我的足迹，看到老汉口过去的旧痕。这样的老汉口，是有温度的。同时，我在怀旧的过程中，也表达了对亲人的怀念，对生我养我的故土的热爱。武汉是一座浮在水上的大都市，犹如一艘浮在水上的巨轮，而我，只是一个拉着纤绳的小小的纤夫。过去是，将来，仍然是。

感谢武大出版社，以及张福臣先生。我们曾在一起，边品咖啡，边谈书话。今天，也以自己的作品奉献于"六书坊"，福臣兄，也算没白喝你的咖啡了。

董宏猷

2013 年 5 月 15 日

于汉口白壁斋